현대시와 인물 사전

조선어연구회 발족 100주년 기념

시사랑음악사랑

〈현대시와 인물 사전〉 편찬하면서

조선어연구회 발족 100주년을 기념하기 위해 문학 작품과 인물 사전(현대시 부분)을 편찬하여 시인의 인지도를 높이고 후대에 기록으로 남기고자 편찬을 기획했다.

원로 시인의 유명작품은 전화기만 있어도 쉽게 찾아 볼 수 있는 시대이지만 현대 시인들의 좋은 작품은 독자에게 기억되기가 어렵다. SNS를 통해 그저 스쳐 지나쳐갈 뿐이다.

문학 작품의 우수성과 詩 흐름의 변천 과정을 기록하기 위해 늦었지만 2021년부터 매년 100명을 선정하여 시인의 대표작품과 간단한 인적사항만으로 기록을 시작하려 한다.

시인들의 프로필을 받아보면 다양한 프로필을 접할 수가 있다. 정말 문인으로서 수록해야 하는 내용과 성실히 활동하는 곳만 적어 깔끔하고 문인다운 프로필도 있지만, 활동단체가 20여 곳이 넘어 몇 페이지 분량을 보내는 시인도 있다. 존재하는 단체인지 검색을 해도 확인이 불가능한 모임을 적는 예도 있다. 정말 다 정상적으로 활동하는지는 의문이다.

할당되는 페이지를 정하다 보니 일괄적으로 표기하기 위해서는 어쩔 수 없이 프로필은 4줄로 통일했다. 선정 시인마다 장단점이 있을 것이다. 누구는 화려한 프로필 기재하기를 원했을 것이고 또 누구는 정상적으로 활동하는 문인단체와 작품활동 상황만

기재하기를 원하는 시인도 있을 것이다. 사람마다 성향이 다르니 정답은 없을 것이다.

〈현대시와 인물 사전〉을 편찬하면서 가장 중점을 둔 것은 역시 시인의 대표작품을 알리는 것이었다. 유명시인이라고 하면 알려진 작품이 많아서가 아니라 한두 편의 작품을 기억하게 된다. 물론 가끔 몇 편의 작품이 알려진 시인들도 있지만, 대다수 시인은 한두 편이 독자로부터 사랑을 받고 기억된다. 이번 기획에서는 유명시인의 알려진 작품을 배제하고 현재 활발히 활동하고 있는 현대 시인의 대표작품 중 3편을 대표작으로 선정하여 수록하게 되었다.

국가나 대기업으로부터 지원을 받아 제작한다면 전국의 시인 전체를 조사하여 〈현대시와 인물 사전〉을 편찬할 수 있을 것이다. 하지만 현실이 그렇지 못하기에 "(사)창작문학예술인협의회"의 후원으로 "대한문인협회" 정회원 중에서 신청을 받아 도서출판 〈시음사〉 "시사랑음악사랑"에서 기획하여 편찬하게 되었다.

엮은이 김락호

현대시와 인물 사전

대한문인협회가 추천하는 현대 시인 100인 시인 서재 바로가기

스마트폰으로 QR 코드를 스캔하면 더 많은 작품을 감상할 수 있습니다.

시인 가혜자	시인 강사랑	시인 강순옥	시인 강한익	시인 곽종철	시인 국순정	시인 기영석
시인 김강좌	시인 김경희	시인 김국현	시인 김금자	시인 김노경	시인 김락호	시인 김상훈
시인 김선목	시인 김수미	시인 김수용	시인 김순태	시인 김양해	시인 김영길	시인 김영주
시인 김옥순	시인 김재덕	시인 김재진	시인 김정윤	시인 김정희	시인 김태윤	시인 김풍식
시인 김혜정	시인 김희경	시인 김희선	시인 김희영	시인 류동열	시인 문경기	시인 문철호
시인 박기만	시인 박기숙	시인 박남숙	시인 박상현	시인 박순애	시인 박영애	시인 박진표
시인 박희홍	시인 백승운	시인 서현숙	시인 성경자	시인 손영호	시인 손해진	시인 송근주

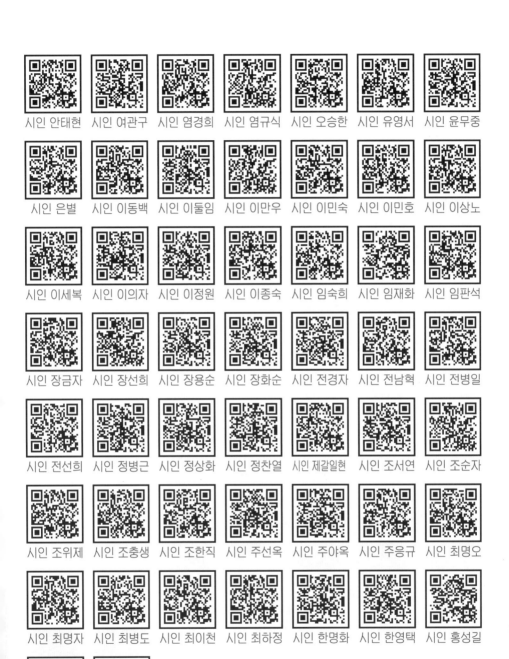

시인 안태현 시인 여관구 시인 염경희 시인 염규식 시인 오승한 시인 유영서 시인 윤무중

시인 은별 시인 이동백 시인 이둘임 시인 이만우 시인 이민숙 시인 이민호 시인 이상노

시인 이세복 시인 이의자 시인 이정원 시인 이종숙 시인 임숙희 시인 임재화 시인 임판석

시인 장금자 시인 장선희 시인 장용순 시인 장화순 시인 전경자 시인 전남혁 시인 전병일

시인 전선희 시인 정병근 시인 정상화 시인 정찬열 시인 제갈일현 시인 조서연 시인 조순자

시인 조위제 시인 조충생 시인 조한직 시인 주선옥 시인 주야옥 시인 주응규 시인 최명오

시인 최명자 시인 최병도 시인 최이천 시인 최하정 시인 한명화 시인 한영택 시인 홍성길

시인 홍진숙 시인 황다연

* 목차 *

* 목차 *

* 목차 *

* 목차 *

* 목차 *

* 목차 *

* 목차 *

* 목차 *

* 목차 *

* 목차 *

현대시와 인물 사전

조선어연구회 발족 100주년 기념

시인 가혜자

서산 출생, 인천 거주
대한문학세계 시 부문 등단
(사)창작문학예술인협의회 회원
대한문인협회 인천지회 감사

시인 서재
바로가기

대한문인협회가 추천하는 현대 시인 선정

■ 목차

■ 공저

제9기 대한창작문예대학 졸업 작품집
〈가자 詩 심으러〉

■ 시작 노트 / 프롤로그

시, 집으로 들어가면
갈피마다 시어들이 초롱하고
감동은 밤새 이슬로 내리겠다.

내 이름 석 자 문패 달고
꽃 같은 독자
기다리는 마음은 초연히
역사에 남는 시 하나 남기고 싶다.
　　　　　– 시, 집을 짓고 싶다 중에서 –

16

시, 집을 짓고 싶다 / 가혜자

토닥 토닥
바다가 보이는 곳 숲 가까이
벌 나비 윙윙대는 곳에
튼실히 기초 닦아 짓고 싶다.

시, 집으로 들어가면
갈피마다 제목 밑으로
시어들이 초롱하고
감동은 밤새 이슬로 내리겠다.

내 이름 석 자 문패 달고
꽃 같은 독자
기다리는 마음은 초연히
역사에 남는 시 하나 남기고 싶다.

예쁜 사람들이 부르는 곳 어디든지
시 써놓은 종이 접은 고깔모자 쓰고서
낭송 해주고 싶다.

 제목 : 시, 집을 짓고 싶다
시낭송 : 김기월
스마트폰으로 QR 코드를 스캔하면
시낭송을 감상할 수 있습니다

수봉공원 현충탑 앞에서 / 가혜자

삼천리 금수강산
빼어난 봉우리에 현충탑 우뚝 서서
대한민국 호국영령들 기리고 보우하시니
이 나라 이 민족에 전쟁과 핵이 사라지고
남과 북 하나 되는 그날이 속히 오라십니다.

삼천리 금수강산
무궁화는 피고 지는데 한번 가신 임은 오지 않고
검은 머리 부모 형제 파뿌리 되도록 잊지 못해 기린 목 되었다가
남과 북 사이사이
철조망 가시에 찔리고 상하여서 장미화는 핏빛으로 물이 들었나
영원무궁토록 무궁화는 임들의 넋인 양
보훈의 꽃으로 어리옵니다.

아~ 의롭다 용사여!
아~ 들려옵니다, 그날의 숨결 소리
임이여, 길이길이 지켜주소서

임이여, 평안히 잠드소서
대한민국 이 땅에서

* 추모 헌정시

창뻘 팔봉산의 눈풀꽃 / 가혜자

숨이 멎을 것 같은 이 순간이여,
가슴은 벅차올라
호흡을 가다듬고
가만가만
허리도 굽히고
고, 여린 듯
무리무리 함께라서
눈 시리도록
귀 막히도록 아름다워

더 이상
가냘픈 고개만 떨구고 있을 때
세찬 눈보라에
몸을 곧게 세우고
맨 처음 차가운 땅을 딛고
아랑 아랑 아리랑
흘렸던 눈물방울 자국마다
하얀 눈꽃 머리에 쓰고
가장 먼저 봄에 온

정녕,
창뻘 팔봉산의 눈풀꽃이여!

현대시와 인물 사전

조선어연구회 발족 100주년 기념

시인 **강사랑**

경기 시흥 거주
대합문학세계 시 부문 등단
(사)창작문학예술인협의회 회원
대한문인협회 정회원

시인 서재
바로가기

대한문인협회가 추천하는 현대 시인 선정

■ 목차

■ 저서

제2시집 〈꽃이 오는 길에 봄이 핀다〉
제1시집 〈겨울 등대〉

■ 시작 노트 / 프롤로그

흙과 사랑

흙이 주는 것은 단지 흙이 아닙니다
흙은 시인의 최고의 창조물이 되며
흙의 냄새로 시인은 추억을 더듬고
흙은 나무를 키우고 꽃을 피우며
평온을 유지합니다. 또
흙의 기운으로 내일의 희망을 노래하고
삶은 흙이요.
흙으로 빚어낸 모든 것이 시가 됩니다.

흙은 자연이다
자연은 시의 원천이다
그러므로 시인은 흙을 노래한다

20

석류 / 강사랑

파란 하늘 눈부신 9월에
가만히 서 있는 것만으로도
너무 행복해서 터져버린 웃음
선홍빛 잇몸과 하얀 덧니가
부끄러워도 어쩔 수가 없습니다

천진스레 웃는 모습에
입맞춤하는 날은
내 두 눈은 더욱 맑게 빛나며
아름다운 여신 향기에
미치도록 빠져듭니다

알알이 박힌 핏빛 열정은
한여름 이글거리는 태양을 닮았으며
내 가슴에 투명하게 남겨진
붉은 그리움입니다

찬란히 익어가는 가을날에
한 번뿐인 사랑이 아름답습니다

제목 : 석류
시낭송 : 김락호
스마트폰으로 QR 코드를 스캔하면
시낭송을 감상할 수 있습니다

겨울 등대 / 강사랑

눈이 오지 않은 겨울 가뭄에 갈증이 난다
갈증이 나서 바닷물을 마셨다
바닷물은 술이 되어 출렁거리지만 취하지 않는다

나는 그 자리 변함없이 지키고 있는데 세월은 어느덧 젖먹이 아기를
큰아이로 만들어 버렸다

오늘도 최선의 노력으로 피아노 발성 연습을 하지만 10년이 되어도
그 자리다

밤이 내려앉은 깜깜함에 등불을 밝혀야 한다
거침없이 출렁거리는 파도를 견디며 달려오는 배 한 척의 심장 소리를
들어야 하기 때문이다

늘 변함없이 기다리는 마음 하나 등대여!

저녁 식탁은 널브러져 있다
아침에 먹다 남은 해장국과 우유와 맥주 한 캔이 전분인 겨울 등대의
만찬이다
그리고 뜨다만 털목도리가 식탁 구석에 자리한다
완성되지 않은 털목도리는 겨울 찬바람을 막아 줄 거라는 희망의 입김
을 내고 있다

제목 : 겨울 등대
시낭송 : 박영애
스마트폰으로 QR 코드를 스캔하면
시낭송을 감상할 수 있습니다

22

오이도 연가 / 강사랑

서해 바다를 품에 안고
참가리비 구워 먹던 추억은
오이도 연가더라

너와나 뚝길 걸으면
저 멀리 수평선에는
젊은 태양이 홍시 되고
우리는 부른다
오이도 연가를 부른다

어둠은 바다를 휘감고
밤 별들은 내려와
빨간 등대에 불 밝히면
불어오는 하늬 바람에
나의 입술은 너의 가슴을 붙잡고
노래한다

바다는 시간을 가득 채워서
진주알 같은 사랑으로 반짝이면
너와나 우리는 노래를 부른다
사랑이 완성된 오이도 연가를 부른다.

현대시와 인물 사전
조선어연구회 발족 100주년 기념

시인 강순옥

서울 거주
대한문학세계 시 부문 등단
(사)창작문학예술인협의회 회원
대한문인협회 정회원

시인 서재
바로가기

대한문인협회가 추천하는 현대 시인 선정

■ 목차

■ 공저

2021 명인명시 특선시인선

■ 시작 노트 / 프롤로그

바쁘게 사는 현대인에게 잠시 쉬어가는 나만의 공간이 없다.

시의 세계는 사색 길에서 만난 반가운 나무 의자와 같다고 생각한다.

한편 시를 읽는다는 것은 자연과 벗 삼아 추억 여행을 떠나고 그 언어의 날개를 달아 우리 삶 속에 지친 영혼 달래는 휴식처와 같은 공간이다. 필자는 자연을 벗 삼아 시를 쓴다.

기암절벽에 뿌리내린 석관송처럼 나 혼자가 아님을 둘은 하나 되어 세상을 내다보는 진리와 순리를 닮게 하고 자연에서 왔다 자연으로 돌아가는 길 봄부터 심장 뛰는 소리 듣게 한다.

단풍나무 아래서 / 강순옥

언젠가는
너처럼 화려한 날이
올 거란 생각에
물들이는 이 순간에도
상한 마음 곱씹지 않아 좋다

푸르던 잎새 쏟아지는 햇살도
불꽃처럼 활활 타오르다
꽃잎처럼 말라 버린다 해도
눈 앞에 펼쳐진 생의 빛깔이 참 좋다

보면 볼수록 빠져드는 숲에
머무는 바람소리 사연 달고
낮술 취한 듯 벌겋게 달아올라

낙엽 되어 떨어지는 가을은
그리움 담아내는 모가의 법칙
험담해도 쉬어가라 해서 참 좋다

산 등에 곱게 그려내는 빗살무늬
정 묻는 굴뚝 연기처럼 피어올라
한 줌 재로 남긴 벗이어서 더 좋다.

제목 : 단풍나무 아래서
시낭송 : 박영애
스마트폰으로 QR 코드를 스캔하면
시낭송을 감상할 수 있습니다

25

겨울 산 / 강순옥

햇살이 안긴
겨울 산에 오르면
사방 길 뚫어 있어 참 좋다

낙엽 수북이 숲 사잇길에
붓 없이 그려내는 빛살무늬
산 까치 사로잡혀 나를 부른다

산실에 해가 길면 길수록
야윈 봄 바닷속 물길보다
더 깊숙이 말려든다

하늘과 맞닿는 산세
숲속에 발길 닿은 곳마다
숙연해지는 오감들 기도가 되어

삶 속의 품은 어휘가
노래하듯이 시를 읊는다

어쩌면 그들의 어울림이 좋아
내 온기 고갯마루에 내어주며
산이 좋아 오르고 또 오른다.

제목 : 겨울 산
시낭송 : 박영애
스마트폰으로 QR 코드를 스캔하면
시낭송을 감상할 수 있습니다

가을이 참 좋다 / 강순옥

뜨락에 곱게 내려
말을 건네온 가을의
숨결 소리가 참 좋다

바스락 바스락
꽃잎 길 찾은 그리움이
하늘 뜻 옴이 참 좋다

허전한 마음 채워주는
꽃잎 향기 추억들이
알알이 맺어 오곡백과
손길 바빠도 참 좋다

누가 이 가을을
가져다 놓았을까
마른 꽃잎에 웃음
쏟아낸다.

제목 : 가을이 참 좋다
시낭송 : 김지원
스마트폰으로 QR 코드를 스캔하면
시낭송을 감상할 수 있습니다

27

조선어연구회 발족 100주년 기념

시인 강한익

제주 출생, 제주 거주
대한문학세계 시 부문 등단
(사)창작문학예술인협의회 회원
대한문인협회 제주지회 지회장

시인 서재
바로가기

대한문인협회가 추천하는 현대 시인 선정

■ 목차

■ 저서

제2시집 〈나를 찾아서〉
제1시집 〈제주의 혼〉

■ 시작 노트 / 프롤로그

삶의 종점(終點)이 저만치 보이는
산마루에 걸터앉았습니다.
저곳에 다다르면 한 줌 재가 되어
흔적 없이 사라지고 말겠지요.
그 무엇을 위하여 아등바등 몸부림쳤는지
어미 품 떠나 허공을 헤매는 낙엽에 물어봅니다.
가을이 익어 가고 있습니다.
아름다운 강산 천천히 돌아보면서
부끄러운 글 끄적거려 봅니다.

한라산을 오르면서 / 강한익

싱그러운 초록의 품을 더듬는다.

한 발자국 옮길 때마다
거친 숨결과 함께
가슴속 오물 덩어리
한 움큼 길섶에 뿌려 놓으며

산허리 감싸 안은
하얀 구름 한 조각 베어 물고
청아한 산새의 하모니
가슴에 담는다.

길가 철쭉, 꽃봉오리 터트리며
지쳐가는 노인의 발걸음 재촉하며
유유자적 소풍을 즐기는 노루 가족
목을 길게 빼 들고
환영의 인사를 건넨다.

품속에 파고드는
살가운 바람의 애무 속에
자만치 보이는
정상을 향하여
온 힘 다해 걸음을 옮긴다.

어느 날의 일기(日記) / 강한익

동녘 하늘 여명이
창가를 두드리는데
오라 하는 곳도
가야 할 곳도 없다.

"누우면 죽고 걸으면 산다"라는 말
머릿속에 떠올리며
헐 떠름한 배낭 속에
막걸리 한 병
김밥 한 줄
삼다수 한 병을 쑤셔 놓고
흐르는 세월 배불리 먹었다고
공짜 버스에 몸을 싣는다.

태곳(太古)적 신비를
가슴에 품어 안은
한라산 허리 자락 돌오름 길에
걸음을 내디디며
가슴속 귀퉁이 쌓여있는
미움과 원망의 오물 덩어리
이마에 흐르는 땀방울과 함께
길섶에 뿌려 놓는다.

길가 산딸나무꽃
하얗게 활짝 피어
환영의 인사 건네며
살아 온 날보다
살아야 할 날들이 짧음을 일깨워 준다.

키만큼 자란
조릿대 숲을 헤치고
돌오름 정상에 올라서니
아스라이 보이는
한라산이 정겹고
새벽이슬에 젖어버린
후줄근한 나의 모습
부끄러운 내 삶인 듯하다.

아! 이렇게 하루를 가슴에 담는다.

* 20210707 돌오름 길에서

31

현대시와 인물 사전
2021
조선어연구회 발족 100주년 기념

시인 곽종철

서울 거주
대한문학세계 시 부문 등단
(사)창작문학예술인협의회 회원
대한문인협회 서울지회 지회장

시인 서재
바로가기

대한문인협회가 추천하는 현대 시인 선정

■ 목차

■ 저서

제4시집 〈바람은 길이 없다〉, 제3시집 〈빨간 날이
365일인데〉, 제2시집 〈물음표에 피는 꽃〉
제1시집 〈마음을 흔드는 잔잔한 울림〉

■ 시작 노트 / 프롤로그

곽종철 시인은 인공지능 로봇이 인간을 뛰어넘어 신의 영역까지 넘보는 시대에 변화를 두려워하지 않고 순응하면서 시적 세계를 펼치고 있다. 흔히들 21세기를 불확실성 시대, 무한경쟁의 시대라고 일컫는다. 우리는 지금 인간의 존재감은 작아지고 정서는 메말라 가는 시대에 살고 있다. 인간은 다른 세상에서 허전한 마음을 채우려 하지만 시인은 시를 통해 긍정의 에너지를 여전히 창출하고 있다. 시인의 시적 세계는 현실의 희로애락을 비유와 은유 그리고 함축이라는 알맹이를 서로 엮어 생명을 불어넣고 있다. 시인은 늘 새로운 세계의 탐색에도 게을리하지 않고 있다. 시인의 성장 무대가 하늘 아래에 첫 동네라는 자연 친화적인 환경이 시상의 모티브(motive)가 될 때가 많은 것 같다.

곽종철 시인은 새로운 세계를 발견하고 독자들이 원하는 시를 쓰고 싶다고 한다. 늘 새로운 것을 원하는 독자들의 마음이기도 하다. 늘 겸허하고 공부하고 정진하면 이룰 수 있다고 믿는 시인이다.

내 삶을 물으면 / 곽종철

때로는 웃고
때로는 울었지
생각해보면
울은 날이 더 많았다고.

너무 아프고 힘들어
때로는 자포자기해
모든 것을 내려놓고 싶었지만
담쟁이를 바라보며 변했다고.

손잡을 데 없는 높은 담벼락
어디라도 기어오르는 집념
보이기 싫은 곳은 감싸주고
쉴 곳도 내어 주는
그런 삶을 그대처럼 살겠다고.

충만한 열매를 맺기 위해
숨 막히는 나날이라도
주저앉아 뒹굴기보다
쉼 없이 오르고 또 오르리라.

구름을 쫓고 나온 해처럼 / 곽종철

먹구름이 몰려들어도
할 말을 다 하는
대나무 같은 사람들,
구름을 쫓고 나온 해처럼
온 누리를 밝게 하리라.

비바람이 몰아쳐도
할 일은 다 하는
소나무 같은 사람들,
구름을 쫓고 나온 해처럼
온 누리를 푸르게 하리라.

시류에 떠밀려 잠시,
먼눈을 팔았더라도
천사처럼 베푸는 사람들,
구름을 쫓고 나온 해처럼
온 누리를 포근하게 하리라.

세상이 아프다 / 곽종철

남 이야기처럼 들리고
언제나 비껴갈 것 같았던 설마,
뜬금없이 찾아와 손목 골절을 시켜
아픔에 취한 채 세월을 보낸다.

파란 하늘에 흰 구름 가듯
젊음을 발산하는 이들을 부러워하며
나만이 외톨이 신세가 되어 하얀 낮을,
벤치에 의지한 채 밤처럼 세월을 삼킨다.

밤하늘에 별똥별처럼
후회와 원망만이 쏟아지는 까만 밤을,
속으로 울며 밤을 지새우는 나에게
인내는 어르고 달래면서 고통도 참으란다.

뜻 밖에 지나간 얄미운 설마의 흔적,
올해가 다 가기 전에
느티나무에 바람 스치듯 아픈 상처 씻어줄
엄마 손, 약손이 그립다.

현대시와 인물 사전
조선어연구회 발족 100주년 기념

시인 **국순정**

경기 안산 거주
대한문학세계 시 부문 등단
(사)창작문학예술인협의회 회원
대한문인협회 정회원

시인 서재
바로가기

대한문인협회가 추천하는 현대 시인 선정

■ 목차

■ 저서

시집 〈숨 같은 사람〉

■ 시작 노트 / 프롤로그

계절이 서둘러서 오고

그 이쁘고 아름답던 계절

가을이 그리 반갑지만은 않은 묘한 감정들

눈 깜빡 할 사이

스치고 지나가듯 가 버리고 마는

그 뜨겁던 여름마저도

붙잡고 싶은 마음에 미련을 두어봅니다

들녘에 허수아비 만큼

넓은 가슴을 가졌다면 한쪽 눈 감고

참새떼에 세상을 내어주듯 인심을 썼을 텐데...

늘 부족한 마음에 세상살이 조바심만 나나 봅니다

가을은 늘 그렇게 미소 짓고 있었는데 / 국순정

가을은 저만치서 오고 있는데
가을이 아플까 걱정이 되는 건
해마다 가을에 이별을 해서가 아니라
조금 더 멀어진 내 청춘이 서러워서 일게다

가을이 이만큼 가까이 왔는데
가을이 쓸쓸할까 염려되는 건
해마다 가을에 옛사랑이 그리워서가 아니라
조금 더 깊어진 가을에 외로움마저 깊어질까
두려워서 일게다

가을은 늘 그렇게 미소 짓고 있었는데
내 가을이 마냥 웃지 못하는 것은
지레 겁먹은 내 가을이 다시 오지 못할까
더 붉게 물들어 애가 타서 일게다

제목 : 가을은 늘 그렇게 미소 짓고 있었는데
시낭송 : 장화순
스마트폰으로 QR 코드를 스캔하면
시낭송을 감상할 수 있습니다

그래도 살아봅시다 / 국순정

그래도 살아봅시다
죽을 만큼 힘들어도 살아보자 하니
살아지더이다

터놓고 얘기할 수 없어 속이 까맣게 타고
울고 싶어도 울 수 없어 혀가 바짝바짝 말라도
살아보자 하니 살아지더이다

물 한 모금 넘길 힘이 없어도
숟가락 들고 떠서 넣으니
넘어가더이다

힘없는 어린싹도 단단한 땅을 비집고
온 힘을 다해 세상 밖으로 나와
제각기 제 몫을 다 하는데

우리가 가진 힘은 돌 틈 사이 피어나는
제비꽃보다 강하고
개울가에 물오른 버들강아지보다 단단하니
가슴속 깊이 숨겨둔 용기 끄집어내어
두 주먹에 힘을 쥐어 봅시다

그리고 살아봅시다

제목 : 그래도 살아봅시다
시낭송 : 박영애
스마트폰으로 QR 코드를 스캔하면
시낭송을 감상할 수 있습니다

그대 가슴에 / 국순정

그대가
봄에 취한 꽃으로 오시면
나는 사랑에 취한 여인이 될 테요

그대가
향기에 취한 노래로 오시면
나는 바람에 취한 소리가 될 테요

그대가
외로움에 빗물로 오시면
나는 그리움의 눈물이 될 테요

그대가
시들어 버린 꽃으로 가시면
나는 시가 되어
그대 가슴에 피어날 테요

현대시와 인물 사전

조선어연구회 발족 100주년 기념

시인 **기영석**

경북 예천 거주
대한문학세계 시 부문 등단
(사)창작문학예술인협의회 회원
대한문인협회 정회원

시인 서재
바로가기

대한문인협회가 추천하는 현대 시인 선정

▪ 목차

▪ 공저

2021 명인명시 특선시인선

▪ 시작 노트 / 프롤로그

세상 모든 것이 변해갑니다
영원할 것만 같았던 젊음마저도
세월이 훔쳐 가고 말았습니다

철모르고 덤벙대던 지나온 날들
꼭 움켜쥐려 발버둥 쳤지만
어느샌가 내 손은 빈손입니다

어찌 살아오면서 시련과 아픔을
겪지 않은 이가 있겠습니까
가슴속에 남아있는 응어리
옹이가 되어 시작(詩作)을 펼칩니다

아침 하늘 / 기영석

비 그친 아침 하늘에
구름이 멋진 그림을 그렸다

악어들이 먹이를 찾아
모여드는 것처럼 신기하다

자연은 어느 날 갑자기
이렇게 아름다움을 보여준다

한참을 쳐다보는데
구름 속을 이리저리 비집고
빠르게 지나가는 낮달이
왜 저리도 외로워 보일까

한 폭의 수묵화는
오래 머무르지 못하고
서서히 조각으로 사라져 간다.

산이 하는 말 / 기영석

내 여태껏 산을 보며 살아왔네
그래도 산이 말하는 건 못 봤고
움직이는 것도 못 봤습니다

비가 오면 비를 맞으며
눈이 내리고 바람이 불어와도
움직이지 않고 한 자리를 지키며
계절만큼은 어김없이 찾아옵니다

자연을 잔뜩 짊어진 산은
싫어하는 것도 좋아하는 것도
누구든 다 받아주는 넉넉한 가슴
힘들면 쉬는 자리까지 내어주는 산

산은 살며시 귀엣말하네
산이 좋으면 언제든지 찾으라고
꽃이 필 때 꼭 오라며 일러 줍니다.

들꽃 / 기영석

볼품없는 들꽃이 온 산야에
흐드러지게 피어도
눈길 한 번 주지 않는다

그래도 그들은 그들만의
삶을 살기에는 힘겨웠을 것이고
왜 어려움이 없었겠나

가뭄에는 물이 먹고 싶어
목이 마를 것이고
바람 불면 다칠세라 걱정이다

꽃을 피우기까지의 인내와
씨앗을 맺기까지의 시간
잎을 떨구어 내년을 꿈꾸는
들꽃은 자신의 소임을 다 했다

소박하게 살기에 서로 헐뜯고
시기하지 않으며 벌레들과
공존하며 행복도 누렸을 것이다

현대시와 인물 사전
조선어연구회 발족 100주년 기념

시인 **김강좌**

전남 여수 거주
대한문학세계 시 부문 등단
(사)창작문학예술인협의회 회원
대한문인협회 광주전남지회 지회장

시인 서재
바로가기

대한문인협회가 추천하는 현대 시인 선정

■ 목차

■ 저서

시집 〈하늘, 꽃, 바다〉

■ 시작 노트 / 프롤로그

깊고 포근한
산사의 다향같은 바람이
늘 바래도 좋을 향기로
다가서는 계절

가을은
마음이 커지는 넉넉함이 있어
힘들고 어려웠던 날을 지나
다시 일어 설 수 있는
이유가 되기도 하고

누구나 시인이 되는
고마운 계절이다

달팽이 / 김강좌

이른 아침
어지럽게 움직이는
수많은 발걸음 사이를 헤집고
밟히지 않으려 먼 곳으로 돌아서 간다

눈물 같은 땀방울이
온몸을 타고 흘러도
세상을 향해 나아가는 몸짓은
한 치의 흐트러짐이 없다

가도 가도 끝이 보이지 않는 길에
뉘엿뉘엿 서산은 붉어지고
둥근달이 하늘 가운데 떠 있을 무렵
비로소 곤한 깃을 내리고 쉼을 얻는다

불확실한 미래 속에
평생을 건너도
다 건너지 못한다는 걸 알지만
부단히 노력해야 했으니
사막에 길을 내듯 당당하게 오른다

분명한 건
고요 속에 깊은 평온이 있어 괜찮다고
오늘을 살아 내는 것만으로도
벅찬 감동이라고 스스로 다독이며
발끝을 세운다

홍매화 / 김강좌

푸른 빛 속살 열어
새벽을 깨워 놓고
온 숨결 하늘 바라 붉게 빚은 그리움

우르르 꽃잎 벙글어
봄 마중 분주한데
여우비 시샘하듯 사분사분 적시니

무게를 이기지 못해
꽃술 만 남긴 채
그림자 곁에 누울까 하냥 조바심에

몇 점의 꽃잎 따서
찻잔에 우려 놓고
화폭에 꽃물 적시니 다시 피는 그 숨결.

올가을엔... / 김강좌

산능선에 드리운 어둠이
숨 가쁘게 걸어온 길을 지우고
달그림자를 따라
보이는 곳에서 보이지 않는 곳까지
고요 속에 머무는 시간
깊고 포근한 하루가 저문다

얼마나 더 아파야
소소한 일상을 누릴 수 있을까
언제부턴가
막연한 기다림이 자라고 있었다

한 해의 절반이 지나고
풀물로 곱게 휘늘어진 가로수
바람에 제 몸 흔들어
계절이 지나감을 알린다

이제 가을이 완연하다

붉은 희망을 닮은 올가을엔
무겁게 짓누르는 먹구름이 걷히고
오고 가는 발걸음이
봄 햇살처럼 산뜻했으면 좋겠다

현대시와 인물 사전

조선어연구회 발족 100주년 기념

시인 **김경희**

부산 거주
대한문학세계 시 부무 등단
(사)창작문학예술인협의회 회원
대한문인협회 부산지회 홍보국장

시인 서재
바로가기

대한문인협회가 추천하는 현대 시인 선정

■ 목차

■ 저서

시집 〈마중 나가는 여자〉

■ 시작 노트 / 프롤로그

살아가는 날이
아쉽게도
꽃길로만 거닐 수 없다는 것을

따뜻한 시詩를 만나러
길을 나선다

기찻길 / 김경희

완행열차 타고 가볼까
올 사람은 올 것인데

하늘은 푸르고
낮 시간 신열이 오른다

철길 사거리 무심한 이들
해가 뉘엿뉘엿 불혹을 지난다

어디선가 신호음
하루가 끝이 보이지 않는다.

열차 / 김경희

승강장 플랫폼에서
첫차를 기다린다

회로가 켜진 붉은 신호등
먼 산 굽이굽이
한 폭 산수화가 든다

사람과 사람이 만나
인연이 되는 것일까

빈 의자
칭칭 감던 나비 손 날고
기차는 7시를 향한다.

유년에 본 산딸기 / 김경희

뒷산에는
밤나무가 어두침침했다
까닭 없이 무섭고 궁금함이 있었다

산딸기나무가 겹쳐 있었고
한 소쿠리 따와서
설탕에 서걱서걱 비벼 먹던
그 맛은 잊을 수가 없었다

마을 동구 밖 어귀에는
찔레꽃이 화들짝 펴서
향긋한 봄꽃 뚝뚝
나물 순 뜯던 손톱이 까맸다

탱자나무 겨울이면
가시밭길 꽁꽁 얼어
고목나무는 축 늘어져 있었다

내 고향 아름다운 산천에는
여전한 추억이 있었다.

제목 : 유년에 본 산딸기
시낭송 : 최명자
스마트폰으로 QR 코드를 스캔하면
시낭송을 감상할 수 있습니다

현대시와 인물 사전

조선어연구회 발족 100주년 기념

시인 김국현

울산 거주
대한문학세계 시 부문 등단
(사)창작문학예술인협의회 회원
대한문인협회 정회원

시인 서재
바로가기

대한문인협회가 추천하는 현대 시인 선정

■ 목차

■ 공저

2021 명인명시 특선시인선

■ 시작 노트 / 프롤로그

상처란

아프기만 한 것이라고

그러나

그대가 남긴 상처는 노을이 익어가듯 별처럼 빛나 지울 용기가 없었어

아늑한 품속이 그리움 칡넝쿨 되어 풀잎 이슬처럼 번져갔었지

그래서 먼 훗날, 만나면 함께 펼쳐보면서 구름따라 이야기할 거야.

한밤 / 김국현

달과 별을 가득 담은
수정처럼 맑은 개울가
그늘진 수양버들 아래
개구리들이
강강술래로 즐거워하며

함께 놀자고 불러주어

흥겨운 장구 소리 따라
앵두 같은 사연 가지고
찾아온 그대와

만지면 터질듯한 볼
풀잎 향기
윤기 나는 흰 얼굴
숨 막히며 떨리는 손
꼭 잡고 돌고 또 돌다 보니

어느새
모두들 떠나가고
그대와 나의 아늑한 공간을
한없이 채웠습니다

하늘에 핀 꽃 / 김국현

오늘따라
하늘이 한없이 높고 푸르다

별이 숨어 있는
더 높은 곳에서는
그리움도 가져올 수 있을까?

아마
더 오르고 오르다 보면
결국 이 자리로 돌아올 거야

그래서
하늘을 보면 마음이 파랗게
멍이 드는 가 보다.

가을엔 / 김국현

이 가을에는

기대했던 여행
먹고 싶은 음식
보고 싶은 사람
흑백 영화 보며 흘렸던 눈물마저 없어도

보름달 같은 하얀
낙엽의 노랫소리
엄마 품속 같은 하늘에
울려 퍼지는 교향곡
수줍어하며 흐르는 잔잔한 호숫가에서
연둣빛 노을 보며
영글어가는 가슴 풀어헤치고

분홍빛 보자기로
전설처럼 애간장 녹이는
소슬한 무지개 향기
그대에게 보내야겠다.

현대시와 인물 사전

조선어연구회 발족 100주년 기념

시인 김금자

강원 출생, 경기도 성남 거주
대한문학세계 시 부문 등단
(사)창작문학예술인협의회 회원
대한문인협회 정회원

시인 서재
바로가기

대한문인협회가 추천하는 현대 시인 선정

■ 목차

■ 저서

시집 〈가시 끝에 핀 꽃〉

■ 시작 노트 / 프롤로그

문학이 좋아서 책을 읽고 글이 좋아서 글을 쓰다 시에 빠져버렸다.

동경하는 시인의 시를 읽다가 시 낭송가가 되었다.

내가 좋아하는 일이지만 그 누군가에게 희망이 되고 꿈을 줄 수 있다면 노력해볼 만하기에 문학의 길을 가고 있다.

문인으로서 가장 행복한 순간은 2020년 첫 시집 "가시 끝에 핀 꽃"을 출간한 일이다.

대한창작문예대학에서 시 공부를 하고 대한시낭송가협회에서 시 낭송 교육과정을 수료하면서 조금이나마 독자에게 더 다가가기 위해 노력하는 시인이 되길 원한다.

세상에 나의 문학 작품을 읽어주는 독자가 있다면 앞으로도 더 노력하는 시인이 될 것이다.

소낙비 / 김금자

괜찮을 것 같던 하늘에
어느새 먹구름이 속상했는지
굵은 눈물을 쏟아붓는다

버스정류장에 날아든 낙엽처럼
덩그러니 앉아 애써 태연한 척해봐도
젖은 종이처럼 찢기는 가슴
양수기처럼 퍼붓는 소나기에
엉엉 울기 좋은 날이다

감추어 두었던 사연마저
여민 옷깃 사이에서 삐죽거리면
다문 입술이 멍들겠다만

가슴골에 흐르는 열정을
태워버리지 못한 채 미련으로 아릴 때
빗줄기에 젖은 낙엽 같겠다

붙잡지 못한 오늘이
얼마큼의 후회를 남길지는
거세지는 빗줄기로 눈물을 씻겨내도
그대 향한 이 마음!

제목 : 소낙비
시낭송 : 박영애
스마트폰으로 QR 코드를 스캔하면
시낭송을 감상할 수 있습니다

복숭아 / 김금자

봄날의 꽃분홍이 피어
가슴 설렌 그리움으로 탱탱하게 익어
좌판을 차지한 먹음직한 과일들
바구니마다 빨갛게 무르익어 눈짓하는데
구순의 아버지가 떠올랐다

힘없이 넘어신 상처 아물 날 없고
지팡이로도 대문 밖 출입이 어려워
현관문 열어놓고 세상을 보시는 아버지
복숭아를 드시면 힘 나실까

검정 봉지에 싸 들고
언덕배기 올라 땀이 뚝뚝 떨어질 때
대문을 열며 아버지를 부른다

젊은 날의 아버지는 어데 가고
앙상한 뼈만 남은 세월을 일으켜 앉히니
얼굴에 생기가 돌고 눈빛이 빛난다

한 입 베어 물고 오물거리는 아버지
맛있게 드신 만큼 오래 사시기를 바라며
아버지가 좋아하시는 복숭아
여름 내내 사다 드려야겠다.

제목 : 복숭아
시낭송 : 박순애
스마트폰으로 QR 코드를 스캔하면
시낭송을 감상할 수 있습니다

58

손자 보러 가는 길 / 김금자

매미 소리 우렁한 가로수 길을 걸어
군산에서 온 손자들 보러 딸네 집에 간다

할머니와 사는 손자들은 엄마가 보고 싶어
한 달에 한 번씩 엄마표 예방 주사를 맞으러 온다

어려서 엄마와 헤어지기 싫어
떼쓰던 꼬맹이들이 어느새 몽돌이 되어
5학년, 3학년 의젓한 초등생이 되었다

여름 땡볕에 흐르는 땀처럼
끈적이는 정과 멈출 수 없는 그리움을
3박 4일간 식히러 왔다

가을 해바라기처럼 밝고
박처럼 하얗게 살이 오른 손자들
수숫대처럼 키만 자라주면 바랄 게 없겠다.

비록 떨어져 살지만
잘 견디고 건강하게 자라줘서 고맙고
함께 사는 날 빨랐으면 좋겠다

사랑하는 손자들아
팔월의 태양처럼 늘 뜨거운 가슴으로
가을 하늘처럼 건강하게 자라길 기도한다.

현대시와 인물 사전

조선어연구회 발족 100주년 기념·

시인 김노경

충남 천안 거주
대한문학세계 시 부문 등단
(사)창작문학예술인협의회 회원
대한문인협회 정회원

시인 서재
바로가기

대한문인협회가 추천하는 현대 시인 선정

■ 목차

■ 저서

시집 〈가슴에서 길을 나선다〉

■ 시작 노트 / 프롤로그

나를 닮은 천국처럼
보이려 하지 않아도
나타나는 시간 같은 침묵
함께 해서 같이 하는 사랑
그런 것들 말이다

시는 읽는 게 아니고 보는 것이다
나를 볼 수 있고 알게 하는
드러나지 않으며 존재케 하는
다르면서 나와 같은 것들

현실 같은 지금을 살기 위한
삶을 위하여 그 철학을 위해서
시인은 진정 의미 있고 가치 있는
영혼을 적어내야 하는 것이 아닌가

60

벌거벗은 아침 / 김노경

처음대로
이쁜 그림처럼
아름다운 소망을 닮은 사람
그 현실 틈에서 나만의 축제를 한다

불타오르는 사랑에 감사한다
벌거벗은 정원은 춤을 추고
성스러운 미소를 훔친다
홍실 물결 출렁임은 말이 없다

낭만을 먹고 사는 신세계
여유로운 시선
누군가 한숨으로 미소를 짓는다
현실과 세상을 맞바꾸는 중이다

길어진 하루 / 김노경

오늘을 빨간색으로 묶어놓고
자유는 가슴으로 품고 싶다
다음날은 보름달과 함께할 거다

말이 없는 시간을 기다리면
사람들이 말싸움 한다고 바쁘다
하얀 심장들은 기도 중인데

숨기지는 말아야지
사랑도 같이하고
지금도 함께해야지

내가 아는 오늘도
시간에 기대어 사는 현실도
모두가 다 살아있기 때문이다

적막을 울리는 기침 장단
눈물방울처럼 구경나간다
길어진 하루 사진을 찍어야겠다

제목 : 길어진 하루
시낭송 : 박영애
스마트폰으로 QR 코드를 스캔하면
시낭송을 감상할 수 있습니다

62

꿈을 삼킨 희망 / 김노경

버선발 숨을 내쉬면서
나를 일으켜 세워야지
쉴 만큼 쉬고 청춘처럼 뛰어야겠다

내 마음의 날갯짓을
부서지는 파도처럼 휘둘러
이렇게 오늘을 살아야 한다

가능할 거라고
희망은 그렇게 소리친다
그래서 미친 듯이 해가 뜨고 있다

사랑 향기에 유혹 당하기도 하고
어떤 눈물에 울기도 하지만
꿈을 삼킨 희망은 오늘도 당당하다

조선어연구회 발족 100주년 기념

시인 김락호

강원도 출생, 대전 거주
(시)창작문학예술인협의회 이사장
대한문인협회 회장
대한문학세계 발행인

시인 서재
바로가기

대한문인협회가 추천하는 현대 시인 선정

■ 목차

■ 저서

시집 〈눈 먼 벽화〉, 시집 〈내게 당신은 행복입니
다〉, 시집 〈시애몽〉, 장편소설 〈나는 야누스다〉

■ 시작 노트 / 프롤로그

행동이 나를 따르지 못하는 날엔
말을 합니다

말조차도 나를 따라올 수 없는 날엔
글을 씁니다

그러나
글조차도 나를 이해시킬 수 없는 날엔
난 시를 씁니다.

겨울에 병든 허수아비 / 김락호

하늘이 울어도
그는 거기 서 있다

아니 두 다리가 땅에 박혀 도망갈 수 없었다

지나던 참새가 똥을 싸대도
붉은 입술의 낙엽이 이별을 선언해도
그는 거기서 말이 없어야 했다

삶의 무게를 짊어진 허수아비는
이제 겨울비를 보지 못할지도 모른다

아니 병든 겨울을 보기 싫어서 일지도 모른다

그가 만든 허상의 세상은
마지막 겨울비가 오기 전 누워야 한다

들판에 버려진 삶은
흰 눈이 만든 빛의 그림자를
부신 눈을 감추며 또 다른 내일에 잠든다.

제목 : 겨울에 병든 허수아비
시낭송 : 박영애
스마트폰으로 QR 코드를 스캔하면
시낭송을 감상할 수 있습니다

독도, 우지마라 독도여 / 김락호

곧은 듯 부드러운 선
하늘 높은 곳까지 올려다보며
너는 세상에 외마디를 지른다

오천 년 역사의 한 서린 아픔을 지켜보았노라고

벚꽃으로 위장한 칼날이 너의 살갗을 찢고
어미의 젖가슴에 어혈을 물들이고
아비의 입과 귀를 도려낼 땐
억지로 감춘 고통의 망령을 보아야만 했다

해국이 만개한 돌 틈 사이와
거친 섬제비쑥에 숨겨두고
괭이갈매기 울음소리가
하얀 각혈로 바위를 물들일 때까지
눈물을 감추어야만 했다

너는 거기서 누런 황소가 끌고 가는
꽃상여를 침묵으로 지켜보며
훌쩍이는 요령 소리에 아리랑을 숨겨야만 했다

침묵으로 통곡을 노래하던 독도여
삼키지 못한 억겁의 한이
무거운 약속으로만 남지는 않을 테니
이제는 울음을 거두어라

시린 가슴을 안고 너도 하얗게 새벽을 지키며
희망을 품고 있지 않은가
하늘로 솟구쳐 오르는 미래에 맑은 영혼의 소리를
해가 떠오르는 지평선에다 외치고 있지 않은가

구멍 숭숭 뚫린 몸뚱이는 이제
저 멀리 태평양을 지나 이랑을 만들고
꽃을 피우다가 열매 맺을 것이라고
희망을 노래하지 않는가

이제 오천만이 하나 되어 너에게
무릎을 내어 쉬게 할 터이니
너는 이제 우지마라
우지마라 독도여.

제목 : 우지마라 독도여
시낭송 : 박영애
스마트폰으로 QR 코드를 스캔하면
시낭송을 감상할 수 있습니다

현대시와 인물 사전
2021
조선어연구회 발족 100주년 기념

시인 김상훈

서울 출생, 부산 거주
대한문학세계 시, 수필 부문 등단
(사)창작문학예술인협의회 회원
대한문인협회 수필 분과 위원장

시인 서재
바로가기

대한문인협회가 추천하는 현대 시인 선정

■ 목차

■ 저서

수필집 〈벌목 당한 기억 사이로〉
시집 〈풀 각시 뜨락〉

■ 시작 노트 / 프롤로그

내가 발이 빠지지 않는 허공을 찾겠다며
아프기 싫어 버리는 사랑 아파하면서
아플수록 그리워하다 마음 다치면서
지나간 것에 대한 막연한 아쉬움 따위
오지 않은 것에 대한 막연한 호기심 따위에
내 삶 저당 잡힌 일 없다
잠시라도 나를 머물게 하는 내 안식의 처마는
그저 정체를 알 수 없는 그리움 하나뿐
차마 어쩌지 못하고 세상 뒷길로 가버리는
그 흔하디 흔한 잎사귀의 생멸처럼
늘 둥글게 지는 노을의 단단한 영혼이
하늘에 닿았던 집요한 기억력으로 내게 종종
하늘의 무거운 상처를 일러주지만
나는 단지 내 생의 부음을 알리고자
이 세상에 잠시 머물다 가려고 온 것 아니다

시간 저 편 / 김상훈

만삭의 몸이듯 힘겹게 올랐던 생의 능선들
땅거죽 몇 벌 쌓인 세월 위에서
나는 여전히 지느러미처럼 서성이고

미래에 대한 아무런 신호가 오지 않음에도
목숨 붙어 거둘만한 안팎인 것처럼
반짝이며 흘러가는 세월의 지층을 걷는다

햇살이 내린다는 것은
구름이 잠시 탈속했다는 신호
갈변하지 않는 잎사귀는 오히려 위태롭다

시간의 옛 정거장 다시 헤아려본들 지금
여기서 너무나 멀고 이제 그 어느 한 가지
눈가림할 수 없는 세월 몇 닢 남았다

눈 덮인 마을 차례로 불빛 꺼지듯
다가올 길목들조차 이별일 수밖에 없는 생
그저 아낌없이 흐느끼며 살다가 갈 일이다

그대 이름 언저리 노을이 물들 때 / 김상훈

각주(脚註) 많은 연애에 실패수가 잦듯
변명이나 핑계가 많은 삶은 언제나 고달픈 법
그 안을 보면 어둔 조명들이 확장된 동공으로
꿈의 낱장들을 가리고 있었다

애써 꿈을 복기하려는 자의 관점에서 볼 때
그것은 명백히 통찰의 부재나 불임이었지만

더러 나를 불러 세웠던 절망의 꽃밭 위에서
먼 훗날 녹이 낄 내 청춘마저 투신케 하고
한꺼번에 봄날이 되고 싶은 정원을 찾아
내 꿈의 어린 뿌리조차 파종을 일구는 것은

늘 당신의 냄새였다

그 냄새는 내 후각에 특화된 암술의 씨방이어서
생의 노역으로 종종 고단했던 내 육신을 위하여
줄곧 세월의 중력마저 견제해 주는 애무였다

그러다 어느 한 날 생의 흰 바닥을 누르고
세월 강 끝자락 어디쯤 당신 영혼 서성일 때
그대 이름 언저리 노을이 물들면

내게 처음과 마지막인 당신의 냄새로
내 생 어느 한 시절 눈물겹게 아름다웠노라며
가슴속 빈 담벼락 굵은 문장으로 새겨둘 것이다

배롱 립스틱 / 김상훈

몇 번쯤 눌린 전생으로 파충이 된 껍질
하지정맥 푸른 꽃대 세우고
실밥 터져 붉은 안감 뒤집어쓴 나무 꽃

허리에 두른 진홍의 묽은 점액 묻힌 세필로
배롱 립스틱 짙게 바른 저 화냥의 입술

도달해야 할 왕국을 꿈꾸며
쥐라기 태열 터지는 우듬지로 여름을 꿰매는
아, 배롱나무 꽃잎이여

두레박으로 금비늘 퍼붓는 햇살
처녀 가슴 영글어 가듯 농익어 가는
너의 빛 내부

외향성 과잉으로 검게 변하는 장밋빛 입술은
부디 본받지 말 것

밀폐된 자아로 처절한 기다림의 화신이 된
능소화의 길항(拮抗)으로 부디 솟구칠 것

별이 달처럼 환하게 차오를 때까지

현대시와 인물 사전

조선어연구회 발족 100주년 기념

시인 김선목

경기 화성 거주
대한문학세계 시 부문 등단
(사)창작문학예술인협의회 회원
대한문인협회 정회원

시인 서재
바로가기

대한문인협회가 추천하는 현대 시인 선정

■ 목차

■ 저서

시집 <그대가 있어 행복합니다>

■ 시작 노트 / 프롤로그

詩로 밥을 짓겠소.
아침, 점심, 저녁도 모자라 배가 고프면
밤참을 짓겠소.
詩에 굶주린 배를 채우겠소.
하루 한 끼도 못 먹던 詩로 지은 밥
하루, 이틀, 사흘에 한두 끼를 채울 뿐이니
아직 나는 배가 고프오.
詩로 짓는 내 밥이
시래기 국밥이라도 좋고,
보리밥이라도 좋고,
쌀밥이라도 좋고,
눈물로 지은 오곡밥이라도 좋으나
하루 세 끼를 먹고도 배가 고픈 듯이
詩를 짓는
詩人으로 살겠소!

가온 누리 / 김선목

우리나라 꽃을 멋지게 노래하는
그대는 누구 그 누구시기에
산다라한 모습 대나무 같으신가?

가온길 가리라던 젊은 꿈이
세차게 솟구치던 그 옛날
나랏일이 바람 앞에 촛불 같을 때

이 나라 살린 목숨 바친 눈물
나라 사랑한 자랑스러운 얼굴들
나린 한 별 온 누리에 빛나누나!

오늘도 대쪽처럼 꼿꼿한 초아는
드렁칡처럼 얽힌 부라퀴에게
대쪽 들고 가온 누리 꾸짖는다.

제목 : 가온 누리
시낭송 : 김락호
스마트폰으로 QR 코드를 스캔하면
시낭송을 감상할 수 있습니다

바람의 끝 / 김선목

한뉘를 애오라지 가시버시로 살아야 하는
갈라진 떡잎 같은 두 마음에
바위틈 샘물 같은 꽃을 피운 사랑은
거룩한 믿음이었다.

두 마음을 한 꺼풀씩 벗기는 다꿈으로
싱둥한 어미의 서른 해는
어느덧 귀염둥이를 끌어안고 부뷔는
풀솜할머니가 되었다.

할머니 눈꼬리를 잡고 버둥거리던
응석꾸러기의 발그림자는 달음박질치고
흐르는 샘물 같은 아내바라기는
덧없이 흐르고 흘러 늙어간다.

머리끝부터 발끝까지 내린 하얀 믿음일까
할미꽃으로 다시 필 까닭인가
다시 태어나도 그 자리에 피겠다는 지어미는
마지막 바람의 꽃이다.

제목 : 바람의 끝
시낭송 : 전선희
스마트폰으로 QR 코드를 스캔하면
시낭송을 감상할 수 있습니다

옛날이여 / 김선목

눈보라 울음소리에 언 가슴을 열어주고
봄, 여름, 가을을 흐르고 흘러도
마르지 않는 내 맘의 옹달샘
벌거숭이 녀석들을 기다리는 샘터에
개구쟁이 그리움을 물수제비 뜬다.

풀잎 이슬에 발길 젖으며 어깨를 맞대고
가던 길 뒤돌아 마주 보던 벗들이
꿈길 따라, 삶의 길 찾아
옹달샘을 떠나던 그때는
외로움도, 그리움도 만남에 묻어야 했다.

어버이 사랑이 배인 시골집
텅 빈 빨랫줄에 널린 피붙이 생각은
처마 도리 제비집에 옴살거리고
와스스 쏟아지는 가랑잎 같은
어머니 그리움이 우물가를 에돈다.

벗이여! 푸나무서리 옛길은
기다림에 지친 거미줄에 걸려 외따로고
어버이의 그지없는 마음은
솔 내 가득한 집터서리 대추나무에
가없는 사랑으로 열려있다.

현대시와 인물 사전
조선어연구회 발족 100주년 기념

시인 김수미

서울 거주
대한문학세계 시 부문 등단
(사)창작문학예술인협의회 회원
대한문인협회 정회원

시인 서재
바로가기

대한문인협회가 추천하는 현대 시인 선정

■ 저서

시집 〈그리움이 나를 부를 때〉

■ 시작 노트 / 프롤로그

시를 쓰면서 늘 내 삶을 돌아봅니다.

지나온 길과 지금 걷고 있는 길,

그리고 앞으로 걸어갈 길...

우리 시인들은

세월을 수놓으며 살아가는 인생인 듯합니다.

모든 인연들과 세상의 모든 것과

다정하게 살아가며 함께하는 것...

시를 쓴다는 것은 참으로 아름다운 복입니다.

여름 냇가 / 김수미

졸졸졸
맑은 여름 냇가에
태양도 뜨거워 냇물 속으로 몸을 담갔다.

냇가에 열목어와 송사리떼
냇물 속 태양을 간지럽게 하고

어디선가 첨벙대며
냇가로 뛰어드는 아이들의 웃음소리에

화들짝 놀란 송사리떼
오동통한 아이들 발 틈새로 바삐 도망 다닌다.

어느덧 무더위는 아이들 웃음 속에
시냇물 따라 저만치 아래로 흐르고 있다.

코스모스 / 김수미

고즈넉한 가을 들녘 수놓은 코스모스
잠자리 날개 위로 파란 하늘 드리울 때
가을바람 품에 안고 자장가를 부른다.

농부들의 땀 흘린 탐스러운 결실들이
착한 아기 자라나듯 무럭무럭 자라라고
산들산들 바람 안고 자장가를 부른다.

그리움이 나를 부를 때 / 김수미

눈 지그시 감고
등 기대어 부르는 휘파람 소리가
오늘은 왠지 쓸쓸하게만 느껴집니다.

푸스럭거리는 대숲마저
그리움에 몸을 움츠리고

스치고 지나가는 바람이 주춤거리며
휘파람 소리에 감겨듭니다.

그리움이 나를 부를 때
나는 작은 흐느낌으로 대답해줍니다.

내 작은 흐느낌의 떨림이
그대의 가슴속 울림으로 메아리 되어
나에게로 되돌아오고,

난, 또다시
밀물처럼 밀려오는 그대 그리움을
썰물 빠지듯 그렇게 한숨으로 토해냅니다.

그리움이 나를 부를 때
나는 대답합니다.

나도 그리웠노라고.

현대시와 인물 사전
조선어연구회 발족 100주년 기념

시인 김수용

전북 무주 거주
대한문학세계 시 부문 등단
(사)창작문학예술인협의회 회원
대한문인협회 정회원

시인 서재
바로가기

대한문인협회가 추천하는 현대 시인 선정

■ 목차

■ 저서

시집 <잊지 못할 그리움 하나>

■ 시작 노트 / 프롤로그

이 세상에 쉬운 것은 없는거 같다
특히, 모두가 공감하는 시를 쓴다는 것이
이렇게 어려운 고행이 될 줄은 생각 못했다

게으른 글쟁이가 되지 말자고 늘 다짐하지만
시를 쓰면 쓸수록 잡념만이 머릿 속을 맴돌고 있다

독자들의 따가운 시선과 매질을 겸손히 받아들이며
살아있는 시, 감동을 주는 시를 쓰도록 노력하는
글쟁이가 되겠다는 생각으로 오늘도 시를 쓴다.

초가을 단상 / 김수용

떠나야 할 시간도 망각하고
힘겨운 비바람 불어오니
슬그머니 뒷걸음치는 안쓰러운 여름

그렇게 비바람이 스쳐 지나간 뒤
사랑하는 여인네의 은은한 분향기처럼
가을은 소리 없이 다가왔다

노랗게 익어가는 이삭 속에
움츠렸던 메뚜기는
목청 터질 듯이 가을을 노래하는데

때늦은 매미의 울음소리는
타들어 간 실고추처럼
메마른 가지 위에 누워있다

지난여름 상처는 가슴에 묻어버리고
잔가지에 걸쳐있는 미련은
가을바람에 실려 보내리

아, 시련을 견디고
고독 속에 찾아온 가을!

후포항에서 / 김수용

여름이 떠나간 포구에
가을바람이 분다

지난밤 밀려온 거친 파도는
갯벌 위에 누워
지친 몸을 달래고 있다

황혼이 물든 갈잎 사이로
싸한 추억이 다가오고

잊혀져간 옛사랑의
애절한 그리움은
바다 위를 맴돌다 사라진다

인적 없는 포구에
가을바람이 불어오니
텅 빈 가슴에
외로움이 쌓여만 간다

낭만이 떠나버린 포구에
바람이 분다
가을, 참 쓸쓸하다

능소화 연정 / 김수용

능소화 활짝 핀 창가에
하얀 비가 내린다

인적 없는 까만 골목길
그 집 앞에
또다시 걸음을 멈춘다

어둠이 내려앉은 창문엔
정적만이 흐르고
비에 젖은 야윈 꽃잎은
외로움에 떨고 있다

달콤했던 너의 입술
수줍던 첫 키스의 추억은
희미해진 기억의
저편으로 사라져 버리고

비에 젖은 미련만이
여린 몸짓으로
차가운 유혹을 보내고 있다

하얀 비 내리는 밤
능소화가 서글프게 울고 있다
그 집 앞에

시인 **김순태**

경북 구미 거주
대한문학세계 시 부문 등단
(사)창작문학예술인협의회 회원
대한문인협회 정회원

시인 서재
바로가기

대한문인협회가 추천하는 현대 시인 선정

■ 목차

■ 공저

2021 명인명시 특선시인선

■ 시작 노트 / 프롤로그

마음을 열어 마음을 얻고 싶었습니다

오늘의 석양은 비록 붉지 않아도 내일의 노을은 붉게 물들입니다

곱게 핀 꽃은 열흘도 못가서 떨어지지만, 마음으로 피워낸 꽃은 영원히 지지 않습니다

꽃의 향기는 잠시지만

시로 핀 향기는 영겁합니다

여백에 마음을 그리며 여생 시향을 피우겠습니다.

고향 언덕배기에 핀 그리움 / 김순태

꽃가마가 나붓나붓 봄볕을 밟고 가던 길
하얀 찔레꽃 초연하게 피었다가 허무한 낙화가 섧다
두부처럼 말캉하던 이름은 산산이 흩어지고
딱딱한 돌덩이만 가슴을 짓누른다
산허리에 앉은 핏발선 눈빛 실바람에 잎새처럼 애잔하게 흔들릴 때

봉곳 솟은 젖무덤에 겹겹이 쌓여가는 것을 그리움이라 말하지만
현실은 목을 죄는 고통이다
잊을 수 없는 생각들이
모래성 무너지듯
손가락 사이사이로
흐무러져 내리고
자꾸만 작아져 초라해지는 모습 앞에
햇살이 자분거린다

그토록 깊던 정 망각의 강물 따라 걸어갈 때
가시 돋친 것처럼 갈라진 울음소리 처절했고
아픔을 긁던 손톱 지문마저 지워낸다
산허리 두른 광폭 자락 진흙 씻어내니 핏자국만 선명하다

구절초 하얀 눈물 망울지던 그 날
헝클어진 잔디 위에 날개 접은 다섯 나비 천하를 잃은 듯 묵언한다
다정한 울림에 눈가 얼룩 닦아내며
옛이야기 꽃이 필 때
고향 언저리에 그리움이 자박자박 걸어온다.

멈출 수 없는 시간 / 김순태

봄을 깨우는 청아한 물소리
초록 진주 조롱조롱 줄지어
푸른 청춘 마중 갈 적에
단계마다 끝없는 파도처럼 윤슬 되어
물빛 풀잎 웃음소리를 덮는다

푸른 물감을 풀은 듯 짙게 덧칠할 때
소낙비 물살의 무게에 힘이 가해지며
숨차게 뜀박질하는 고행길이었다
멈추면 끝이기에 물의 울음소리 들으며
풀잎의 푸른 미소를 보아야 한다

늘 같은 보폭으로 걷다가 무뎌진 간격
뻐근한 나무젓가락 한층 한층 올려본다
더러는 삐거덕거리며 불기둥처럼 노을 번지며
선혈을 보이기도 하지만
결코 쓰러질 수 없는 삶의 굴레다

안개처럼 하얀 물보라로 피었다가
하늘빛이 마시며 옅은 무지개로 피어난다
검은 속살은 쉼 없이 흐르는 물에 씻기며
멈출 수 없는 시간은 돌고 또 돌아간다.

등대 / 김순태

검은 머리 곱게 빗어넘긴 여인의 흔들림인가
부표처럼 쏟아 오른 희망의 하얀 깃발인가
막다른 곳에 떨어진 심장처럼 붉은 핏빛인가
사랑을 갈구하는 욕망이 흩어진 허상인가
바람이 잘라먹은 구름 조각처럼 여기저기 흩어 놓은 백발 노부인가
검푸른 마음을 가진 눈동자가 반짝이는
밤바다에 불을 켠다

하얀 포말이 나를 삼킬 듯이 달려와 덮쳐도
높은 산 그림자가 잡아먹을 듯 다가와도
시커먼 형체로 검은 피를 뚝뚝 떨구며 덮칠 것 같은 드라큘라도
노을이 질 때면 붉은 불기둥을 솟구치며 태웠다
그러나 등불이 꺼질 때면
악마 같은 검은 그림자도
타오르는 불기둥도 없었다

목화솜 깔아놓은 듯 몽실몽실한 풍경이
와인 빛 둘레 매고 살금살금 딛고 와
곱게 부서지는 파도의 웃음소리와
하얀 거품 집을 지어 포근한 이슬점이 속삭여 주는 곳이 내 고향이란 걸
엄마 품속이라는 걸
동이 터고서야 깨달을 수 있을 줄이야.

조선어연구회 발족 100주년 기념

시인 김양해

강원도 출생, 경기 포천 거주
대한문학세계 시 부문 등단
(사)창작문학예술인협의회 회원
대한문인협회 정회원

시인 서재
바로가기

대한문인협회가 추천하는 현대 시인 선정

■ 목차

■ 공저

대한문인협회 경기지회 동인문집 제2집
〈달빛 드는 창〉

■ 시작 노트 / 프롤로그

사랑이란 무엇일까?
알아낼 수 없는 해답을 찾겠다며 헤매는 사이
어느새 "시인"이라는 호칭이 붙었다

처음에는 부끄럽기만 하고
부족한 글들을 쓰는게 부담스러워
아무것도 못하고 아까운 시간을 보냈지만,

이제는 시를 쓰고 싶다.

희망의 바다 / 김양해

빛을 좇아
마지막 날갯짓으로
마침내 꿈을 향해 제 몸 불사르는
불나방처럼
끝없이 펼쳐진 망망대해
어렴풋이 젖어 든 어둠 속에서
등대를 찾아 헤매는 작은 배
거기에 내가 있다

별빛 내려앉아
찰랑이는 물결에 넘실대는
등대의 꿈
어둠의 저편에서
언젠가는 올 거라고, 언젠가는 갈 거라고
가슴에 슬그머니 숨어든
희망의 속삭임

내일이 오면
표류하는 작은 배는
바다를 닮은 푸른빛 희망을 담아
찰랑이는 별빛을 따라 흘러
처연하게 부서지는
어둠을 뚫고
마침내 등대를 찾겠지.

제목 : 희망의 바다
시낭송 : 박영애
스마트폰으로 QR 코드를 스캔하면
시낭송을 감상할 수 있습니다

아무것도 아니야 / 김양해

낮잠을 자려는데 매미가
시끄럽게 울어대
톱 하나 높이 치켜들고
밤나무 가지가지 잘라버린다
그런다고 보따리 싸 들고 멀리 달아나버린
생각 없는 꿈들이 다시금 돌아올까

소풍을 가려는데 비가
좍좍 주책없이 내리쏟아
망치 하나 달랑 들고 하늘에 못질을 해댄다고
멈추어질 놈이 아닌데
왕왕 짖어대는
애꿎은 강아지만 발길에 채인다

여기 한 귀퉁이
좁다란 구석에 쪼그리고 앉아
숨조차 죽여가며
눈치만 살핀다고
쯧쯧
세상은 저절로 조용해지지 않는 거야.

제목 : 아무것도 아니야
시낭송 : 박영애
스마트폰으로 QR 코드를 스캔하면
시낭송을 감상할 수 있습니다

90

구름 / 김양해

백지처럼 텅 빈 하늘에
하얗게 피어나
손에 잡힐 듯 아련한 추억으로 머무르다
하루를 묻고 세상을 담아내어

바람에 흔들리고
엉키어 부딪치며 떠밀려가는 나날들
이내 검게 늙어버린 순간
서러움을 참지 못한 듯 눈물로 쏟아낸다

흩어져 버린 텅 빈 하늘에
서럽게 쏟아내었던 눈물이 마를 무렵
잡을 수 없는 헛된 꿈처럼
다시금 하얗게 피어나 검게 물들겠지.

제목 : 구름
시낭송 : 박영애
스마트폰으로 QR 코드를 스캔하면
시낭송을 감상할 수 있습니다

현대시와 인물 사전

조선어연구회 발족 100주년 기념

시인 **김영길**

서울 거주
대한문학세계 시, 수필 부문 등단
(사)창작문학예술인협의회 이사
대한문인협회 정회원

시인 서재
바로가기

대한문인협회가 추천하는 현대 시인 선정

■ 목차

■ 저서

김영길 제 4시집

보석 같은 순결

■ 시작 노트 / 프롤로그

나는 평소에 자연의 아름다움의 진리를 탐구하고 싶은 생각이 많았다. 자연의 펼쳐진 환경을 보면 천연의 과학으로 되어 있다. 사람들이 사는 세상은 서로 전쟁을 하고 서로가 비방을 하며 살아가고 있다. 그러나 산에 올라 자연을 바라보면 아름답고 평화롭다. 바람은 이동하면서 공기와 산소를 공급해 주는 것을 느낄 수 있었다. 자연의 살아있는 힘의 생동력, 생명력에 대한 고마움을 자연과 소통하고 싶은 생각에 글을 쓰는 동기가 되었다. 대표작으로는

시집: 1. 자연은 천심이다. 2. 사차원 공간 3. 순리의 역행은 죽음의 길 4. 보석 같은 순결

수필집: 1. 하나님의 아들딸은 죄를 짓지 않았다.

소설집: 1. 강림의 꽃 2. "천도문" 의인의 기적. 총 7권의 저서를 작품으로 출간하였다.

엄마의 향기 / 김영길

엄마의 꽃향기 사랑의 냄새
멀리 있어도 눈을 감고 있어도
전해오는 바람 속에 방향 따라
길을 찾아 그리움 속 안겨지는구나!

자극적이지 않은 향긋한 냄새
맡을수록 엄마의 포근한 사랑이
가슴에 젖어들고 사랑의 품에
안기고 싶은 마음 간절하구나!

갓난이로 자랄 때의 배 내향이
바람 속의 향기와 함께 전해오고
보고픔에 사무치는 사랑 노래
많이 만들어 들려 드리고 싶구나!

사랑으로 만난 인연 영원한
모정으로 그리움만 남겨두고
떠나가신 그 세월이 아득한데
솟아나는 향취는 변함없구나!

제목 : 엄마의 향기
시낭송 : 박영애
스마트폰으로 QR 코드를 스캔하면
시낭송을 감상할 수 있습니다

엄마의 정 / 김영길

엄마의 정은 사랑 그 자체입니다.
사랑은 정(情)을 낳고 정은 그리움을
남기고 그리움은 마음속에 깊은
향기가 묻어있어 향기롭습니다.

엄마의 정은 꿈 자체입니다.
꿈속에서 만나면 꽃 본 듯이
반가우니 반가움은 꽃향기처럼
빵끗 웃는 얼굴을 만들어 줍니다.

엄마의 정은 꽃 자체입니다.
꽃같이 아름다운 정과정이
넘쳐흐르는 깊은 산속 옹달샘처럼
한없고 끝없이 솟아납니다.

엄마의 정은 하얀 목화솜 같습니다.
하늘에 떠도는 하얀 목화솜 구름같이
따뜻한 이불 만들어 따뜻하게 덮어 주시는
식을 줄 모르는 사랑이기 때문입니다.

제목 : 엄마의 정
시낭송 : 박영애
스마트폰으로 QR 코드를 스캔하면
시낭송을 감상할 수 있습니다

엄마의 미소 / 김영길

항상 문 앞에 들어서면 어서 오너라.
밝은 미소로 반겨 주시던 엄마의 그리움은
또 그리움을 낳고 낙엽처럼 바람만 불어도
쌓여 가는데 그 미소를 보고 싶습니다.

만날 수 있다면 보고 싶었다고
손을 잡아 보고 싶었다고 아들 이름을
불러 달라 싶었다고 미소에 항상
웃으셔서 주름진 얼굴이라도 보고 싶습니다.

미소의 밝은 얼굴 단정한 옷매무새
얼굴에 청렴과 결백과 순백의 향이
미소의 향기로 바람 따라 풍겨
나오시던 그 냄새가 향수에 젖었습니다.

엄마의 미소에 사랑받던 그때 그 시절이
얼마나 그리웠는지 거친 손이지만
잡아보고 싶고 어린아이로 돌아가
엄마의 미소 앞에서 울먹이고 싶습니다.

제목 : 엄마의 미소
시낭송 : 박영애
스마트폰으로 QR 코드를 스캔하면
시낭송을 감상할 수 있습니다

현대시와 인물 사전

조선어연구회 발족 100주년 기념

시인 김영주

경기 하남 거주
대한문학세계 시 부문 등단
(사)창작문학예술인협의회 회원
대한문인협회 정회원

시인 서재
바로가기

대한문인협회가 추천하는 현대 시인 선정

■ 목차

■ 공저

2021 명인명시 특선시인선

■ 시작 노트 / 프롤로그

시인이란 언어의 깊이를 알기 위해
책이란 바다에 빠져
물먹은 시어들의 무게를 알 수 있을까
아니면 홀씨처럼 가벼운 단어의 가슴을 볼 수 있을까
어쩌면 평생을 들여다봐도
그 핏줄은 찾지 못하고
굵은 혈관에 흐르는 부스러기만 쓸지 모른다
하지만 보고 쓰다 보면 해수면의 높이는
차곡차곡 쌓이는 모래톱을 만들 것이라 믿으며
현대시와 인물 사전 편찬에 도전합니다.

거미 / 김영주

산수에 걸린 숲속의 옷을 본다
이슬 젖은 씨실로 지어놓은 옷
험담하는 숲 이야기 걸러내는
자비로운 공간에 단풍이 든다

바람과 빛을 품은 겸손한 기둥에
바늘귀보다 작은 안감 덧 덴
섬세한 팔각정의 걸작은
하늘을 지붕으로 얹혔다

밀면 밀리는 탄성의 신축성
당기면 늘어나는 마성의 인연
끈적함에 홀린 생명도
그 옷깃을 보지 못했을 것이다

소유할 수 없기에 비우고
오랜 기다림에 익숙한 몸짓
가을옷 짓는 거미는
무명실로 세상을 엮는다

 제목 : 거미
시낭송 : 박영애
스마트폰으로 QR 코드를 스캔하면
시낭송을 감상할 수 있습니다

창문 넘어온 그녀 / 김영주

어느 날 창가에 비친
햇살에 눌린 난
깨어나지 못했다

어깨에 올라온 뜨거운 감정
떨칠 수 없는 온기와
폐부 안 깊숙이 번지는 향기
그녀의 피부가 느껴진다

현과 문 틈새로 들이닥친 바람
꽃다발 들고 있지만
눈부셔 바라볼 수 없다.

숨어든 바람마저 그녀였다
화초에 물 주는 늘씬한 햇살
꽃을 피워주는 기품있는 웃음
오직 한 사람 그녀다

제목 : 창문 넘어온 그녀
시낭송 : 박영애
스마트폰으로 QR 코드를 스캔하면
시낭송을 감상할 수 있습니다

98

밤나무의 고해 / 김영주

가을에 오른 고슴도치
푸른 옷 입는가 했더니
등 여는 십자가에
붉고 따뜻한 삶
갈피 닦는 머슴 바람에
가을이 왔음을 고해한다

별 만큼 윤택한 갈색 둥지에
삶의 학습 논하는 삼 형제
가시 옷도 인연이라 믿으며
보름달 터진 어둠 속에서
고향 땅 툭툭 치는
어미의 한숨 자식들 줍습니다

현대시와 인물 사전
2021
조선어연구회 발족 100주년 기념

시인 김옥순

경북 안동 거주
대한문학세계 시 부문 등단
(사)창작문학예술인협의회 회원
대한문인협회 정회원

시인 서재
바로가기

대한문인협회가 추천하는 현대 시인 선정

■ 목차

■ 공저

제10기 대한창작문예대학 졸업 작품집
〈가자 詩 가꾸러〉

■ 시작 노트 / 프롤로그

새벽 산책길을 거닐다
담벼락에 줄타기 하는
칡덩굴을 만났다

얽히고설킨 삶의 굴레에서
벗어나려는 모습이
우리의 삶과도 같아
정감이 갔다

생각도 마음도
시간의 굴레를 벗어나면
정겨운 것을

갈바람에 나뭇잎과 풀들도 춤을 추고 길꽃도 웃는다
나도 덩달아 웃어본다
이것이 세상살이 아닐까.

아버지 꽃 / 김옥순

마당 우물가 옆에 자리 잡고
철마다 곱게 핀 작약꽃
인자하시고 자상하셨던
아버지의 모습으로 피었습니다

유난히 자식들을 보듬어 주신
울 아버지
예쁜 꽃처럼 살라시며
저에게 일러 주셨습니다

꽃이 활짝 필 때면
꽃 속에서 작은 소리로
순아, 순아……
싱긋이 웃으시며
손을 흔드시는 아버지
그리워서 보고파서
아버지 꽃이라 불러봅니다

살며시 다가오는 꽃향기는
따뜻한 아버지의 향기
엉겁결에 뛰어가
와락 안으며 눈시울을 붉혀봅니다.

붉게 핀 꽃 / 김옥순

어릴 적부터 붉게 핀 꽃을 보면
오월 봄볕처럼 얼굴부터
발끝까지 마냥 좋았어요

어머니 가슴에 예쁘게 핀
빨간 카네이션을 달아 드릴 때는
마음이 하늘로 부풀어 올랐지요

하얀 솜털처럼 부드러운 피부에
햇살 같은 미소로 피어오를 때면
향기 가득 채운 꽃봉오리 고개를 들었고요

언제나 새벽처럼 차디찬 진자리
밤낮으로 자신을 녹이며
따뜻한 사랑을 뜨겁게 지켜주신
팔십 넘으신 우리 어머니

어머니의 사랑은 쉬지 않는
계절을 채워가는 가슴 위에
빨갛게 핀 영원한 아름다움이 아닐까요.

푸른 시절 / 김옥순

언 땅 위에 푸릇푸릇한 청색 옷 입고
찬바람 맞아 가며 강한 생명력 보이는 보리밭 골을
자근자근 밟는 나의 두발이 기특해

눈 지그시 감고 추억에 젖어
순서 없이 엉킨 실타래 풀어내듯
아주 오래전 어린 꼬마를 청보리 새순 잎에 세워본다

바가지 머리에 벙어리장갑 끼고
순박한 얼굴로 깔깔대며 뛰어놀던 어린 꼬마가
무성한 세월에 옅은 미소 짓고

새순 같은 포릿 포릿 한 그 동심 아직도 그대로 건 만
육신은 익어버린 보리 이삭 되어 추수할 날 기다리는 황금들판 되었네.

제목 : 푸른 시절
시낭송 : 박영애
스마트폰으로 QR 코드를 스캔하면
시낭송을 감상할 수 있습니다

현대시와 인물 사전
조선어연구회 발족 100주년 기념

시인 **김재덕**

전남 출생, 부산 거주
대한문학세계 시 부문 등단
(사)창작문학예술인협의회 회원
대한문인협회 문인권익옹호위원회 위원장

시인 서재
바로가기

대한문인협회가 추천하는 현대 시인 선정

▪ 목차

▪ 저서

시집 <다 하지 못한 그리움>

▪ 시작 노트 / 프롤로그

글 쓰는 이유 / 김재덕

인생을 돌이켜보니 낙엽의 실핏줄이 설핏 스러질 때, 못내 아쉬움을 떨쳐 버리지 못한 미련이 내 삶의 한가운데로 걸어왔을 때쯤, 우연한 기회에 시인을 걷게 되었지만, 등단의 설렘으로 첫발을 뗄 때의 부푼 가슴, 기풍을 가리지 않던 자만감이 넘치던 서글픈 기백마저 순간순간 밀려오는 무거운 짐 같건만, 내려놓지 못해 뜬눈으로 새웠던 무너지는 가슴조차도 끌어안았습니다. 내가 무너지지 않게 받쳐주시고 용기를 북돋아주신 문우님들 독자님들 보답을 드리고자 한 발 한 발 천천히 그러나, 쉬지 않고 나아갈 것입니다. 한국의 내로라하는 문인을 흔드는 기린아로 우뚝 설 그날이 올지는 모르겠지마는 난, 기꺼이 뿌듯한 가슴으로 시인의 길을 걸어가리라.

감사합니다.

성숙해진 늦여름 / 김재덕

삶이 질퍽거린다고 울상이던 낯짝이 누렇게 떠서인지 고개를 못 드는 벼 이삭은 겨우 울보 매미를 배웅했건만 가을의 노래밖에 할 줄 모른다는 귀뚜라미 마중하려니 코로나에 지친 허수아비가 눈에 밟힌다

곧 참새가 떼 지을 것을 안 농부의 고래고래도 귀청 따가울 건데 가뜩이나 힘겨운 허수아비의 누더기까지 찢어지겠다만 어수선한 세상이라도 할 일들 해야겠지..

어라, 마른하늘 날벼락 친다. 산모롱이에선 아들딸 낳는 밤송이 산통에 고슴도치 될 청개구리 어쩌라고 호랑이 장가가는 걸까 휘둥그레 비구름 뚫은 해님이 을씨년스러운 오늘따라 옛사랑 만나듯 반가워도 짓궂을 햇살 때문에 육수를 꽤 흘리겠다

그나저나, 늦여름이 농익는데도 아직 시뻘겋게 달아오르지 않은 고추잠자리 보이지 않는다.

제목 : 성숙해진 늦여름
시낭송 : 박영애
스마트폰으로 QR 코드를 스캔하면
시낭송을 감상할 수 있습니다

풍경이 흐르는 날 / 김재덕

볕뉘 아래 누워보면 알지
마음을 어르는 빛이 있다는 걸

철없이 보낸 그 시절의 미소가
하얀 구름을 밀어낸 푸른 하늘처럼
쨍쨍한 메아리로 울리면

나무 그늘 아랫선
잠기던 눈꺼풀이 꿈결의 시간을 되돌린
아름답던 추억이 살포시 열린다

새똥이 떨어져도
맞을 수 있겠다는 다소의 여유가
틈새를 꼼꼼히 채워준 저 오묘한 빛을
모두 기억하기 때문이겠다

이 순간, 행인이 힐끔거려도
파도를 부둥켜안고 발랑 뒤집어지던
그해 여름 바다의 하얀 웃음이
연신 깔깔거린다

볕뉘 아래 누워보면 알지
마음을 어르는 빛에 안기면
움직이기 싫은 날에도
풍경이 흐른다는 것을….

어둠을 밀치고 / 김재덕

두 번 다시 오지 않을 것에
지난 삶의 흔적까지 생멸하는
회색빛 정적이 흐른다

숱한 그리움도 틀어버리고
굉음의 궤적마저 멈춰진 시간
비문의 고요를 깨야 한다

현실은 타임머신이 그려질 만한 시절에
비굴하지 않을 만큼의 발자취도
순수히 가슴에 담기는 쉽지 않은 관념들..

별빛이 뚝 떨어지는
어렴풋이 설레는 새벽을 열어가도
흔들리는 파도와 같은 인생이라 했던가

하루라는 굉음의 궤적이 눈을 떴다
동녘은 잠시 붉어졌다가 무시로 밝아지고
기다림을 아는 서녘 또한 붉어질 것이다

상념이 불거진 탓인가
회색빛 정적이 내 가슴을 감싸도
저 먼 가로등 불빛보다 얼마나 빛날 것인지
꽃이 지듯 한 청춘을 예견해본다.

현대시와 인물 사전
조선어연구회 발족 100주년 기념

시인 김재진

대전 거주
대한문학세계 시, 수필 부문 등단
(사)창작문학예술인협의회 회원
대한문인협회 정회원

시인 서재
바로가기

대한문인협회가 추천하는 현대 시인 선정

■ 목차

■ 저서

시집 〈감성시객〉

■ 시작 노트 / 프롤로그

현대시와 인물 사전에
대한문학세계에 배려로 제 졸 시와 함께
몇 자 남길 수 있음에 감사드립니다.
노부모와 처자식을 건사하느라
정신없이 앞만 보고 살다가
어느 날 제 아우의 부고를 접하고
삶의 덧없음을 뼈저리게 느꼈습니다.
무명으로 살다가 아침 이슬처럼 사라지리니
살아온 흔적이라도 남길 요량으로
지천명의 고갯길에 밤잠을 설쳤습니다.
후세에 이 시대에 범부의 고단함을
서툰 필력이나마 몇 구절 남기는 자리를 내주어
필자에게 더없는 영광이고 기쁨입니다.

산과 산정호수 / 김재진

높은 산은

군더더기 말이 없고

산정 호수는

제멋에 살아갑니다

계절이 오는 산은

변이를 너그러이 품고

산정 호수는

물끄러미 그 풍경을 담습니다.

집터의 기억 / 김재진

고즈넉한 호숫가에

남루한 나룻배 한 척이 놓여

사각거리는 소슬바람이

살랑살랑 거들먹거리고

고샅길 집터에

조릿대 숲 나직이 품은 지붕 위로는

바람결에 푸르릉 한 구름 널어

석양빛 곱게 물드네

피죽 나무 꽃잎 떨어져

그윽한 향기 짙어진 저물녘!

조촐한 소찬에도,

너그러운 안도의 숨결이 머무르네

다정한 눈길 마주하고

도란도란 전설을 노래하다가

더없이, 오손도손

행복하게 살다 살다가 모름지기.

손님 / 김재진

한마을에 태어나고 자란
열두 명의 인걸들이 모두 떠났다

티격태격 벗으로 살다가
터울 두고 떠나간 그들은
어디로 간 것이며
가끔 안부는 전하는 것일까

논마지기 있던 친구나
술 좋아하던 친구나
글 꽤 쓰던 친구나
살다 살다가 이슬처럼 사라지나니

무엇이 중한 것이며
애착한들 무슨 소용이랴
때 되면 여지없이 떠나가는 것을

바람도 잠든 밤하늘에
섬광이 사선을 긋는 것이
한적한 마을에 손님이 오시려나 보다.

제목 : 손님
시낭송 : 조한직
스마트폰으로 QR 코드를 스캔하면
시낭송을 감상할 수 있습니다

현대시와 인물 사전
2021
조선어연구회 발족 100주년 기념

시인 **김정윤**

울릉도 출생, 울산 거주
대한문학세계 시 부문 등단
(사)창작문학예술인협의회 회원
대한문인협회 정회원

시인 서재
바로가기

대한문인협회가 추천하는 현대 시인 선정

■ 목차

■ 저서

김정윤 시집

감자꽃 피는 오월

시집 〈감자꽃 피는 오월〉

■ 시작 노트 / 프롤로그

바람은
동에서 서로
서에서 동으로 불던 곳으로
다시 돌아와 분다
낙엽 더미 속 닻을 내린 겨울은
처마 끝에서 녹고
가지 끝에 핀 꽃망울은
한 아름 풍성함으로
쳇바퀴 돌듯 돌아가는 세상
앞만 보고 달려온
모질게 살아온 잡초 같은 삶
마음 한곳 채워지지 않는 허전함을
한 편의 詩로 채우고 싶다.

새해는 / 김정윤

한 바퀴 자전하는 지구를 따라 돌며
바다 깊숙이 금빛 휘장(揮帳)을 두르고
새벽을 기다리는
새해는
박명(薄明)의 붉은빛으로
바다 위를 힘차게 솟아오른다

새해는
무병장수와 재 복(財福)의 소원을 담은
동전 가래떡 위에 양지머리 육수의
뜨거운 김이 피어오르는
새벽잠 설친 아내의 떡국 그릇으로 찾아오고

웃는 모습이 예쁜 아내의 눈가에
자글자글 잔주름 꽃을 피우고
피해갈 수 없는 세월 앞에
활처럼 휘어진 두 다리를 휘청거리며
춤추듯 걸어가는
삶의 고통으로 다가온다.

새해는
황금빛 노을이 드리워진 수평선 너머에서
타는 불덩이로 솟아올라
큰 희망 하나 내려 줄 것 같은 바램이
오랜 지병으로 삶이 피곤한 아내에게
건강의 축복을 내려 주리라 기대해 본다.

 제목 : 새해는
시낭송 : 박영애
스마트폰으로 QR 코드를 스캔하면
시낭송을 감상할 수 있습니다

어머니의 첫 기일(忌日) / 김정윤

겨울비가 나목을 적시는 어머니의 첫 기일
고이 간직한 살아생전
어머니의 모습을 바라봅니다

때 이른 한파가 기승을 부리던 지난해 겨울
삼베 수의 곱게 차려입으시고
잠자는 공주처럼 하얀 미소를 머금고
떠나시던 날을 생각합니다

어머니!
세상에 보고 듣는 모든 것
헛되고 헛된 것이요
먹고 마시고 취하는 모든 것
허공에 피는 꽃이니 잊고 가소서

세간을 둘러보면
살아온 자취가 꿈속에 일과 같습니다
이제 높은 곳에서
먼저 가신 선친들과 함께할 것이니
모두 잊고 가소서

고요하고 적막 하나
어둠의 빛을 비추어 허공을 밝힐 것이니
두려워 마시고 고이 가시옵소서

마지막
착관(着冠)의 수의 자락을 내리시고
영원한 안식처로 떠나가신
어머니!

오늘 어머니의 첫 기일입니다
보잘것없는 정성을 드리오니
높은 곳에서 내려와 저희와 함께하소서!

제목 : 어머니의 첫 기일
시낭송 : 박영애
스마트폰으로 QR 코드를 스캔하면
시낭송을 감상할 수 있습니다

현대시와 인물 사전

조선어연구회 발족 100주년 기념

시인 **김정희**

인천 거주
대한문학세계 시 부문 등단
(사)창작문학예술인협의회 회원
대한문인협회 정회원

시인 서재
바로가기

대한문인협회가 추천하는 현대 시인 선정

■ 목차

■ 공저

2017 명인명시 특선시인선

■ 시작 노트 / 프롤로그

심로

검푸른 하늘 휘영청 한 달빛에 마음 잠겨
떠가는 조각구름에 애잔한 심정을 걸어 놓고
심드렁한 기분 구름 사이로 파도타기 한다

시향을 찾으려 밤새 낡은 노트를 뒤적여도
마음을 열어 주는 시 한 편 짓지 못한 채
동녘엔 어느새 여명의 바람이 차갑다

세파에 찌든 애처로운 영혼이여
감동이 없으면 그저 덮어 두면 될 것을
어쩌랴 밤새 애꿎은 시절만 탓하였구나.

부치지 못한 편지 / 김정희

해거름 쓸쓸함은 나뭇가지에 매달리고
허기진 마음이 바람을 향해 손짓했다

가슴 가득 채워 놓은 쓸쓸한 언어는
아슴아슴 피어나는 그리움 되어
길모퉁이 찻집에 앉아 편지를 썼다

커다란 우체통 앞에서
깨알 같은 사연을 만지작거리다가
너를 향한 내 마음을 넣었다

어둠이 내게로 와 체념을 깨우치고
또다시 깊어 가는 밤바람에
시름은 총총걸음을 재촉했다

고독한 어둠에 불을 켜고
차마 보내지 못한 편지를 꺼내 읽다가
천천히 아주 천천히 찢고 만다.

제목 : 부치지 못한 편지
시낭송 : 김정희
스마트폰으로 QR 코드를 스캔하면
시낭송을 감상할 수 있습니다

홍시 / 김정희

떫은 감이 서서히 말랑하게 익어 가듯
그대와의 어설픈 그리움도
홍조 띠며 달달하게 농익어가면 좋겠다

끝없이 펼쳐진 짙푸른 하늘 아래
가지 끝에 매달린 홍시가
내 삶에 가을로 찾아온 인연인가

주홍빛으로 젖어 드는 수줍은 마음
틈을 주지 않으려 해도 흔들리는 여심에
그대는 성큼 한 계절 다가서 있구나.

제목 : 홍시
시낭송 : 김혜정
스마트폰으로 QR 코드를 스캔하면
시낭송을 감상할 수 있습니다

천년의 사랑 / 김정희

꿈틀대던 지층의 용트림이 검게 그을리며 스쳐 간 자리엔
검푸른 심해의 파도가 달려와
끝이 보이지 않는 수평선에서 멈추지 않는 칭얼거림으로
갯바위에 하얀 포말을 게워낸다

기다림이 퇴적된 낮고 척박한 토양에도
바람에 나부껴온 작은 씨앗은 옹색한 틈새에 뿌리를 내려
바위 기슭 모진 바람 앞에 강인한 생명력으로 겸손히 몸을 낮춘다

서러움 외로움 그리움
한 맺힌 세월 품어 소담스레 피어난
보랏빛 해국의 향기 품은 환희가 찬란하다

이슬에 목을 축인 감미로운 향연
짭조름한 해풍으로 씻어 나온 꽃잎의 맑은 얼굴로
바다를 향해 찬란한 노래를 부르면

바람은
천 년을 한결같이 파도를 부른다.

제목 : 천년의 사랑
시낭송 : 김락호
스마트폰으로 QR 코드를 스캔하면
시낭송을 감상할 수 있습니다

현대시와 인물 사전

조선어연구회 발족 100주년 기념

시인 김태윤

대구 거주
대힌문힉세계 시 부문 등딘
(사)창작문학예술인협의회 회원
대한문인협회 정회원

시인 서재
바로가기

대한문인협회가 추천하는 현대 시인 선정

■ 목차

■ 공저

2018 명인명시 특선시인선

■ 시작 노트 / 프롤로그

여름 땡볕을 지나다 보면 더 시원한 그늘을 찾는 것을 본다

다리 밑, 나무 그늘, 정자 등 다양하다

이를 보고 아 그늘도 다 다르구나 생각했고

저마다의 삶에서 아픔의 크기 또한 다르다고 생각했다

혹자는 작은 아픔으로 큰 아픔 있는 사람에게

"누구든지 아픔은 다 있다"라고 같이 취급하면 섭섭할 것이다

모진 풍파를 견디고 아픔을 가진 사람은 그로 인해

가을 곡식이 익는 것처럼 성숙한 인격이어야 한다

아픔을 자랑치 말라

내면에서 갈무리하여 가까운 사람과 이웃에게 사랑으로 나타나야 한다

그런 사람이 두꺼운 그늘일 것이다.

그늘에도 두께가 있다 / 김태윤

여름 빛살이 희디흰 날
산을 걷다 보면 유독 더 시원한 나무 그늘이 있다

그 곁의 나무와
별반 다를 게 없는데도 그렇다
가만, 가만 생각하니 그늘에도 두께가 있다

수십 수백 년을 살아오면서
저 나무는 이가 빠지고 한쪽 가슴이 금이 가고
이 나무는 모진 풍파로 눈이 멀었고 머리카락이 더러 말라졌다

그 흔한 상처 하나 없는 얇은 그늘보다
해를 거듭하며 비바람 눈 서리를 버텨낸 두꺼운 그늘이
이 사이로, 금 간 가슴 골짜기로 눈이 차갑고 모공이 서늘하도록
시원한 바람이 스며든다

사람 사는 것이 저 나무와 다르랴
똑같이 보이는 그늘이지만
그늘에도 두께가 있다.

제목 : 그늘에도 두께가 있다
시낭송 : 박영애
스마트폰으로 QR 코드를 스캔하면
시낭송을 감상할 수 있습니다

121

고등어 껍질 / 김태윤

오랜만에 재혼해서 새살림을 꾸린
누이의 집을 찾는다
농사일로 점심때를 놓쳐
허겁지겁 차린 식탁에 고등어가 구워져 오른다

독오른 시장기가 코를 자극하자
성질 급한 젓가락이 가비심을 잃고
고등어의 푸른 살들을
마구 찔러댄다

한참이나 사내의 젓가락에
허파와 등을, 그리고 뼈가 하얗게 발라져 버려지자
바닷속 검은 암초같이 소금에 절인 짭조름한 껍질이
떼어진 삶의 굳은살처럼 처연히 돌아누워 있다

발 느린 젓가락을 든 내 누이
"고등어는 껍질이 제일 맛있는데" 하며
마지막 남은 밥과 함께 고등어 껍질을 살갑게 집어삼킨다

그제야 나는 이 세상의 모든 생선은
그 맛의 비밀을 저 비린 껍질 속에
숨겨둔다는 사실을 알게 되었다

내 비린 삶의 껍질의 맛은 어떠할까.

제목 : 고등어 껍질
시낭송 : 박영애
스마트폰으로 QR 코드를 스캔하면
시낭송을 감상할 수 있습니다

122

뉴턴의 법칙 / 김태윤

사과나무에서 떨어지는 사과를 보고
뉴턴은 만유인력의 법칙을 알아냈다
중력의 힘은 과학에서만
존재하는 것만은 아니다
실팍한 줄기에서 갓 피어난 꽃잎이
봄비를 빨아들이는 힘
꽃잎의 그리움이 저 멀리
하늘에 있는 비를 연모했기에
비가 다가갔던 이유도 그것이다

당신이 나를 사랑하는 것,
내가 당신에게 끌릴 수밖에 없는 이유에도
뉴턴의 법칙이 있었다
하나님께서 나를 이끄시는 힘
내가 하나님께로 다가설 수밖에 없는 까닭도
지구가 태양을 중심으로 도는 것 이상으로
조물주의 섭리가 작용하고 있기 때문인 것이다
중력의 힘은 내 마음에도
작용하고 있었던 것이다
그것이 믿음이다.

제목 : 뉴턴의 법칙
시낭송 : 박영애
스마트폰으로 QR 코드를 스캔하면
시낭송을 감상할 수 있습니다

현대시와 인물 사전
2021
조선어연구회 발족 100주년 기념

시인 시인 **김풍식**

경기 안양 거주
대한문학세계 시 부문 등단
(사)창작문학예술인협의회 회원
대한문인협회 정회원

시인 서재
바로가기

대한문인협회가 추천하는 현대 시인 선정

■ 목차

■ 저서

시집 〈나그네 영혼〉

■ 시작 노트 / 프롤로그

안녕하세요.

조선어연구회 발족 100주년 기념을 축하드리오며, 대한 문인 협회 및 임원진 님의 후원하에 현대시와 100인 인물 사전에 출품하게 됨을 영광으로 생각하며 대한 문인협회의 발전을 기원합니다.

세계는 지금 코로나-19라는 신종 바이러스로 인하여 경제적으로나 생활에 어려운 시기이나마 100인의 詩를 통하여 잠시나마 희망이 되고 기쁨의 행복이 되길 소망하며 건강 기원드립니다.

소망 / 김풍식

간절한 마음으로
소망합니다.

소리 없는 침묵으로
허공에 맴돌다 달 끝에 걸렸는데

당신께 아직 못다 한 이야기
침묵으로 조용히 기다리는 밤

간절한 마음으로
소망합니다.

두 손 모아 당신께 나의 기도
소망합니다.

사랑하겠노라고

행(行) / 김풍식

남이 하는 일이 내가 할 일의 거울이 된다.
남을 미워하는 이는 스스로 미워하게 되고
남을 비방하는 것은 자신을 비방하게 됨을 알고
자신의 행(行)에 바르지 못한 것을 살펴야 한다.

생각은 어디에나 갈 수 있다.
어디에 간들
자신을 사랑하는 사람은
남을 사랑할 줄도 알아야 한다.

남의 잘못은 잘 보여도
자신의 허물은 보기 어렵듯
자신의 티끌은 숨기기 쉽다.

세상의 밝은 눈은
자신의 그릇됨을 보는 눈이요
자신의 밝은 귀는
자신의 충고를 받아들여
소화할 줄 아는 귀를 가진 자이다.

이기고 지는 마음 모두를 떠나서
다툼이 없으면 스스로 편안하니
내가 먼저 상대를 존경하리라.
그도 나를 존대하여 준다.

쇠가 대질하면 쇳소리가 나고
돌이 대질하면 돌 소리가 나는 것과 같이
정당한 사람이 서로 만나면 정당한 소리가 나고
삿된 무리가 머리를 모으면 삿된 소리가 난다.

개인의 이익이나 명예에 집착하지 않고
원망에 더럽히지 않는 올바른 행(行)에 있다.

지혜로운 이는
비방과 칭찬에 흔들리지 않으며
새의 두 날개와
수레의 두 바퀴와 같이
행동과 지혜를 갖추는 것이다.

밝은 태양은 그림자를 원망하지 않고
강물에 출렁이는 달그림자는
바람을 탓하지 않는다.

현대시와 인물 사전
202
조선어연구회 발족 100주년 기념

시인 김혜정

경남 사천 출생, 서울 거주
대한문학세계 시 부문 등단
(사)창작문학예술인협의회 부이사장
대한문인협회 부회장

시인 서재
바로가기

대한문인협회가 추천하는 현대 시인 선정

■ 목차

■ 저서

제3시집 〈돌아보는 시선 끝에는〉, 제2시집 〈먼,
그래서 더 먼〉, 제1시집 〈어떤 모퉁이를 돌다〉

■ 시작 노트 / 프롤로그

세상에 내려앉는 빛이 아름답게 보이는 것은 내 마음
에도 찬연한 빛으로 살아 숨 쉬는 맑은 영혼의 삶이 존
재하기 때문이다. 겸손한 빛깔로 채색된 내 삶의 공간
에서 나와 인연 맺고 살아가는 사람들, 따스한 사랑을
전해 주는 그 마음들을 귀하게 품고 내 인생 여정에서
부족하면 부족한 대로 아름다운 삶의 발자국을 남기
며 행복한 웃음으로 걸어 보련다.

사금파리 / 김혜정

가냘픈 어깨 위에
곱게 내려앉은 천 년의 꿈
진흙 속에서 백학 한 쌍
고요히 앉아 깃을 세운다

불가마니 속에서 싹틔운 희망
바래진 달빛 아래
날을 세우고 앉은
차가운 시선이 슬프다

초라한 삶에 장막을 친
갸륵한 음영은 무언 속에서
은밀한 사랑을 갈구하다
깊은 수렁으로 빠져 몸부림친다

빗나간 절제의 공간 안에서
고뇌의 시간은 흐르고
모가 난 가슴에 칼날 스치는 소리
툭 떨어져 내리는 조각난 이별이다

제목 : 사금파리
시낭송 : 박영애
스마트폰으로 QR 코드를 스캔하면
시낭송을 감상할 수 있습니다

이곳에서 그곳까지 / 김혜정

첫 새벽,
암탉의 울음소리가 요란하다.

하늘에서 새벽 별이 떨어지듯
사뿐사뿐 내려앉는
이슬의 영롱함에 들뜬 마음은
백사십팔 킬로미터의 사랑으로 달린다

본능의 질주이며 과속이다
그 무엇으로도 정지시킬 수 없고
과속 카메라에 찍히지도 않으니
벌금 딱지 날아들 염려 또한 없다

과속을 멈추게 하는 것
그것은,
내 행복이 숨 쉬고 있는 종착역에
다다라서야 비로소 과속은 멈춘다

제목 : 이곳에서 그곳까지
시낭송 : 김락호
스마트폰으로 QR 코드를 스캔하면
시낭송을 감상할 수 있습니다

돌아가고 싶은 날의 풍경 / 김혜정

아득한 꿈길인 양 들려오는
그 옛날
어머니의 물 긷는 소리와
아버지의 쇠죽 쑤는 소리가
웃도는 세월에 야윈 모습으로 남아 있다

별빛이 유난히 밝게 돋는 날
나는 낯선 거리를 걸으며
흐릿하게 떠오르는 추억 속을
타인처럼 기웃거리고
박꽃 같은 하얀 속살을 만지작거린다

물과 구름이 맑아
은하수처럼 빛이 흐르는 마을
가고 없는 시절 속에 피어나
너스레를 떠는 다정한 그리움은
돌아가고 싶은 날의 풍경이다.

현대시와 인물 사전

조선어연구회 발족 100주년 기념

시인 **김희경**

부산 거주
대한문학세계 시 부문 등단
(사)창작문학예술인협의회 회원
대한문인협회 정회원

시인 서재
바로가기

대한문인협회가 추천하는 현대 시인 선정

■ 목차

■ 공저

2021 명인명시 특선시인선

■ 시작 노트 / 프롤로그

시로 다리를 놓습니다 섬이 섬에게 놓습니다

나와 수많은 나에게 말과 침묵에게 시련과 극복에게
절망과 희망에게 어제의 그믐달과 오늘의 보름달에게
별과 꽃 사이 그리움의 간격에게 욕심과 비움에게 낮
음과 배려에게 그리고 생과 사에게

시로 다리를 놓습니다 가슴과 가슴으로 놓습니다

어둠에서 빛에게로 궁지에서 의지에게로 자만에서 겸
손에게로 이기에서 이타에게로

모두가 아름다운 우주로 연결된 시로 다리를 놓습니
다

132

태초의 바다 / 김희경

태초의 바다는
광활한 사투의 사막과
푸르디푸른 초원과
눈부시게 하얀 설원과
차가운 냉가슴앓이 빙산과
이글거리며 다 태울 듯한 태양까지
안고 여미고 감내하여 이룬 눈물이란다

절벽 앞에서
바다로 몸을 날리는 바람도
직선으로 떨어지는 비마저도
곡선을 그리며 숨어드는 별똥별조차
그곳이 고향이어서
그곳이 엄마의 넓은 품이어서
주저함 없이 파고드는 귀환이란다

바다는 이렇게
수많은 사연을 절절히 얘기하는데
차마 나약한 단어의 얕음이
표현할 길을 잃어버리자
온 바다는 일어나 시를 쓰고 있다
새하얀 백지는 바다로 뛰어들어
포말로 부서지며 시를 담고 있다

제목 : 태초의 바다
시낭송 : 박순애
스마트폰으로 QR 코드를 스캔하면
시낭송을 감상할 수 있습니다

그대는 누구인가 / 김희경

정직과 솔직 사이에 진흙탕 있어
가끔은 말랐다가
가끔은 더 깊은 수렁 되니
진실히 한 가슴을 사랑하는 일이란
견뎌야 하는 일일까
건너야 하는 일일까

정직과 솔직 사이에 가시밭길 있어
가끔은 사잇길을 내다가
가끔은 더 깊은 상처 되니
진실히 한 가슴을 만나는 일이란
험난한 일일까
심란한 일일까

정직히도 솔직한 것에 흔들리고
솔직히도 정직한 것에 떨리니
그곳에서 유혹하는 이 누구인가
사랑받고 싶은 이인가
사랑하고 싶은 이인가

되물어 들어오는 곳에 있는
분분히도 헤매는 가슴이
잃고 싶지 않아 더 잃어야 하는
그대는 대체 누구란 말인가

제목 : 그대는 누구인가
시낭송 : 박영애
스마트폰으로 QR 코드를 스캔하면
시낭송을 감상할 수 있습니다

눈사람 / 김희경

선반 위에
노을이 앉았다
홍시는 차디찬 냉골 위에 놓이고
가장 다정한 시간을 그곳에 두었다

벽의 생에
된서리의 시간들 옹이 되어도
지우개를 잃은 필통처럼
끝내 지우지 못한 기억 아리게 뭉쳐도

벽의 심장에
느낌표 가득 살이 돋아나
검은 점이 부서지듯 옷을 갈아입을 때
수런수런 부서지는 하얀 속삭임

내 생의 벽에 놓인 선반 위에는
늘 그대가 있다

그 아래 일생의 젖은 눈
못처럼 박혀서

제목 : 눈사람
시낭송 : 박영애
스마트폰으로 QR 코드를 스캔하면
시낭송을 감상할 수 있습니다

현대시와 인물 사전
BEST
조선어연구회 발족 100주년 기념

시인 **김희선**

부산 거주
대한문학세계 시 부문 등단
(사)창작문학예술인협의회 회원
대한문인협회 부산지회 지회장

시인 서재
바로가기

대한문인협회가 추천하는 현대 시인 선정

■ 목차

■ 저서

시집 〈인연의 꽃〉

■ 시작 노트 / 프롤로그

깊숙이 가려진 속살을
온전히 드러내고 나서야
비로소 가벼워지는 삶

황홀했던 기억은 아닐지라도
무심한 세월에 깎여
낡아진 추억일지라도

그대 영혼의 갈피마다
연둣빛 속삭임으로 머무는
소중한 행복이고 싶습니다

　　　– 이 봄날에 –

생의 바코드 하나 / 김희선

애초부터 내 안에 박혀 버린
불변의 인자
평생을 풀어내고도
끊어지지 않는 질긴 연줄

날카롭게 폐부를 찌르고
영혼까지 갉아먹는
무정의 창살 같은

의심의 눈초리로
늘 완벽을 요구했으며
스스로 최면을 걸어야만
비로소 사그라드는 듯

방심의 틈새를 비집고
뒤통수를 후려치는 날벼락에도
항거할 수 없는 필연적 부메랑

이 또한 희망으로 품어야 하는
삶의 일부인 것을

7월의 소망 / 김희선

한여름 정점으로 달리는
흐린 계절 위로
상흔의 그림자가
선명한 포물선을 그린다

나를 송두리째 던져서라도
구원하고 싶었던 시간

남은 희망을 쪼개서라도
단숨에 끊어내고 싶다

7월의 자작나무 숲
그 한가운데 서서
허기진 행복 한 줌 움켜잡고

무뎌진 심장 안에 갇힌
옹이진 이야기라도
살갑게 풀어내고

부디!
더는 아픔 없는 맑은 계절을
간절히 만나고 싶다

 제목 : 7월의 소망
시낭송 : 박순애
스마트폰으로 QR 코드를 스캔하면
시낭송을 감상할 수 있습니다

이방인 / 김희선

그대 불안한 눈빛 속에
아직 봄은 멀리 있고

내 영혼의 소리도
메마른 풀잎에 숨어 울었다

안부가 궁금한 사람도
안부를 묻는 사람도
모두가 날 선 칼바람이다

어제 지나온 길도
오늘 가던 길도
이국의 타인처럼 두렵다

현대시와 인물 사전
2021
조선어연구회 발족 100주년 기념

시인 **김희영**

인천 강화군 거주
대한문학세계 시 부문 등단
(사)창작문학예술인협의회 이사
대한문인협회 정회원

시인 서재
바로가기

대한문인협회가 추천하는 현대 시인 선정

■ 목차

■ 저서

시집 〈시간 속에 갇힌 여백〉

■ 시작 노트 / 프롤로그

시인이 된다는 것

오랫동안 갈고 닦고 길이 빛나도록 엄청난 노력 끝에 행운이 온다는 것 알고 있었는데 "당신도 시인이 될 수 있다"라는 책을 읽고 용기를 얻었습니다

배움을 주시는 앞선 스승님의 가르침을 받는다는 것 행운이고 축복입니다

때로는 말할수 없는 일들도 글로써 표현할 수 있고 마음에 가득한 하고 싶은 이야기도 풀어 놓을 수 있으며 인쇄돼서 활자로 나타나는 시를 읽어보면서 인생에서 잊지 못할 아름다운 미덕을 지닌 인격 높은 스승님을 만나는 인연도 참 묘미입니다

노력하고 날마다 생각이 새로워져서 아름다운 시인의 노래로 찬미합니다

남은 날들을 남들과 어우러지는 화합과 질서의 조화 속에서 영원토록 계수하는 날들이 많아지기를 기도 합니다

그림내 아버지 / 김희영

삶의 무게에
젊음은 굽은 허리로 빠져나가고
등골까지 파고든 아비의 무게는
사냥터에서 짓밟히고
하얀 윤슬처럼 머리카락으로 반짝거렸다

켜켜이 쌓인 고단함마저
애오라지 술 한 뚝배기에 담아두고
한 뉘를 아버지로 살아야하는 사내의 삶은
가살날 나뭇잎처럼
샛바람에 날리어도
밝은 웃음을 가진 그린비였고
겨울날의 다온 햇살이었다

에움길 돌아갈까
가온길 잊을까
곰비임비 한
아이들 걱정하는 마음으로
너렁청하고 다복다복한 곳으로
이끌어 주셨다

삶의 고단함을 느낄 때마다
다사샬 품속으로 파고들고픈
아직
가슴에 살아계시는
그림내 아버지는
겨울날의 한 줄기 빛이었다.

제목 : 그림내 아버지
시낭송 : 박영애
스마트폰으로 QR 코드를 스캔하면
시낭송을 감상할 수 있습니다

참된 사랑 / 김희영

대가 없는
사랑을 하게 하소서
보상 없이 섬기는
마음이게 하소서
알아주지 않더라도
고난의 길 가게 하소서

나를 잃어 그를 위로하며
나를 쏟아 축복게 하소서

나그넷길에 슬픔 많이 참으며
참된 대가를 지급하며
부당한 고통당하여도
원망하지 않고
주어진 길 가게 하소서

비참하고 외롭더라도
동정이나 도움 구하지 않고
앞길이 얼마나 남았는지 몰라도
뒤돌아보지 않고 나가며
생명 샘물이 되게 하소서

* 워치만니 작사 찬송가 인용

다시, 봄 / 김희영

눈 덮인 강 밑으로
흐르는 물도
서산마루에 걸터앉은
찬란한 햇살도
어둠 속으로 빨려 들어가
꽃도 빛을 잃은 봄입니다.

소용돌이치는 소음
발버둥 치는 시간에
하늘빛도 어둠으로 가려
대문을 꼭꼭 걸어 잠그고
창틈으로 싹이 트는 봄

그리움과 기다림 사이에서
희미하게 남겨진 흔적
콘크리트 벽에서도 꽃이 피어나듯
어둠 속에서도 봄은 오고
달빛에 젖은 어둠도
봄빛으로 젖겠지요.

찬란하게 시린 봄도
가난한 햇살 한 줄기에
꽃 피우는 봄이
멀지 않았다는 것을
비좁은 틈에서 피어난
민들레꽃을 보며
깨닫습니다.

제목 : 다시, 봄
시낭송 : 박영애
스마트폰으로 QR 코드를 스캔하면
시낭송을 감상할 수 있습니다

현대시와 인물 사전
2021
조선어연구회 발족 100주년 기념

시인 **류동열**

대구 거주
대한문학세계 시 부문 등단
(사)창작문학예술인협의회 회원
대한문인협회 정회원

시인 서재
바로가기

대한문인협회가 추천하는 현대 시인 선정

▪ 목차

▪ 저서

시집 〈삶이 익으면 모두가 부자〉

▪ 시작 노트 / 프롤로그

나의 삶은 모든 것이 늦깎이다.
대학 공부도 늦게 시작했고
결혼도 같은 또래보다 한참을 늦게 했고
글 쓰는 것도 환갑이 다 되어서야 시작했다.
사회생활은 초등학교 마치고부터 시작했기에
다양한 경험이 있으며 삶의 경험도 풍부하다.
이렇게 저렇게 글 적을 거리도 많다고 생각을 해본다.
뚜렷하게 잘 적지는 못하지만 그렇저럭 기분을 내는
편이다
詩를 적거나 수필을 쓸때면 세상이 모두 내 것이다.
이 순간은 황홀경에 있고 이때를 벗어나고 싶지 않은
순간이기도 하다. 잠깐 틈을 내어 글을 쓰는 오늘이
매일같이 충분한 시간이 주어지지는 않겠지만.
오래오래 지속하였으면 좋겠다.
행복하다.

144

노을 / 류동열

해넘이가
붉게 멍이 들었습니다
많이도 힘들었나 봅니다

조각구름 듬성듬성
아름다운 꽃이 되어
붉은 심장을 그려놓았습니다

예쁘게 살았는지
나누며 살았는지
고마워하며 살았는지
뭔가 아쉬움이 많은듯합니다

행복했던 하루였습니다
내일은 무슨 기적을 맞이할까
기다려집니다.

제목 : 노을
시낭송 : 박영애
스마트폰으로 QR 코드를 스캔하면
시낭송을 감상할 수 있습니다

길섶에서 / 류동열

함께 가야 할 생
무엇하나 헛되이 버릴 수 없는 소중한 것
작은 틈도 함께 채워가는 아름다운 삶
셀 수 없는 만남
차곡차곡 쌓이는 정겨움

길은 삶이 되어 이웃을 만들어 주고
따뜻한 마음으로 너를 맞이하여
열린 가슴으로 세상을 만들었습니다

고통을 주는 오늘이 있어도
내일은 하얀 마음으로 새벽을 맞이한다면
그리고 희망의 줄을 놓지 않는다면

거품 같은 사랑
바람에 날려가는 사랑
녹아 없어지는 사랑을 맞이할지라도
당신은 함께 있어 주겠지요.

제목 : 길섶에서
시낭송 : 박영애
스마트폰으로 QR 코드를 스캔하면
시낭송을 감상할 수 있습니다

가을이 오기까지 / 류동열

맨　처음
혹독한 추위와 다툼
고통
그리고 희망

물 한　모금
한 가닥 햇볕
농부님의 노고
새싹

땡볕의 뜨거운 사랑
약속
기다림

한 톨의 열매

행복

인내와 끈기가 가을을 낳았습니다.

현대시와 인물 사전
2020
조선어연구회 발족 100주년 기념

시인 **문경기**

경기 화성 거주
대한문학세계 시 부문 등단
(사)창작문학예술인협의회 회원
대한문인협회 정회원

시인 서재
바로가기

대한문인협회가 추천하는 현대 시인 선정

■ 목차

■ 공저

2020 명인명시 특선시인선

■ 시작 노트 / 프롤로그

푸른산과 들에서 바람이 불어오고 삼산의 계곡을 휘돌아 온 맑은물이 흐르는 전원의 도시 순천에서 태어나 부모님의 사랑과 형제들의 우애속에 행복한 어린 시절을 보냈으며 청운의 푸른꿈을 꿈꾸던 학창시절 겸손하고 원만한 성품과 인성을 바탕으로 좋은 교우들과 친교를 맺으며 문학에도 관심을 가지고 미숙하지만 시 작품을 쓰면서 문학활동을 하며 성장하였고 공무원으로 임용되어 사회에서 직장생활을 하면서 철도 교통업무에 매진하여 철도청장상 5회, 모범공무원상 1회, 정부 옥조근정훈장 1회를 수상하는 등 철도업무 발전에 공헌하며 퇴직하였으며 문학에 대한 학창시절의 꿈을 이루기 위해 부단히 노력하여 2017년 9월 대한문인협회의 대한문학세계 시 부문에 신인문학상을 수상하고 등단하여 시인으로 활동하고 있습니다

설렘 / 문경기

차가운 바람이 불어오지만
푸른 바다 포근히 머금은
붉은 동백꽃 꽃망울은
소담하게 부풀어 오르고

겨우내 얼었던 실개천에는
따듯한 햇볕이 내려
얼었던 얼음을 녹이며
가느다란 물줄기 흐르게 하네

계절을 실은 열차는
환승역에 도착할 기대에 부풀어
열망의 기적을 울리며
긴 여정에 호흡을 가다듬는데

무거운 겨울의 외투를 벗고파
봄의 훈풍을 기다리는
우리들 마음속에는
설렘의 파도가 출렁이네

제목 : 설렘
시낭송 : 박순애
스마트폰으로 QR 코드를 스캔하면
시낭송을 감상할 수 있습니다

149

별꽃 그리움 / 문경기

어두운 밤하늘에 푸른 별빛이
은하수 윤슬에 은은하게 실려 와
뜨락에 하얀 별꽃으로 피어났지

그 예쁜 하얀 별꽃 한 송이
갖고 싶어 따 달라고 손짓하던
첫사랑 소녀의 애원에
순정 어린 마음의 문을 열었네

별 하나와 별꽃 한 송이 너에게
별 하나와 별꽃 한 송이 나에게
설렘으로 주고받던 추억의 밤

두 마음속에 소중히 간직했던
그 곱디고운 별과 별꽃은
세월의 강물에 애잔하게 실려
어디로 흘러갔을까

별빛이 영롱한 계절이 오면
첫사랑의 아련한 추억이
내 가슴에 그리움의 별꽃으로
함초롬히 피어오른다

제목 : 별꽃 그리움
시낭송 : 박영애
스마트폰으로 QR 코드를 스캔하면
시낭송을 감상할 수 있습니다

등대 / 문경기

한적한 외진 곳에 자리 잡아
사시사철 바닷바람 맞으며
어두운 밤바다 비추는 등대

폭풍우와 혹한을 이겨내고
험지에서 소중하게 지펴낸
헌신의 불빛 가슴에 안으면

고통과 외로움이 밀려오지만
따듯한 손길로 마음 다독여
평온한 눈빛으로 빛을 비추니

세찬 바람에 거칠게 파도치는
어둠 속의 드넓은 바다에서
배들은 나아갈 뱃길을 찾네

현대시와 인물 사전
2021
조선어연구회 발족 100주년 기념

시인 **문철호**

대전 거주
대한문학세계 시 부문 등단
(사)창작문학예술인협의회 회원
대한문인협회 정회원

시인 서재
바로가기

대한문인협회가 추천하는 현대 시인 선정

■ 목차

■ 저서

제2시집 〈너처럼 예쁘다〉
제1시집 〈금강하굿독에서〉

■ 시작 노트 / 프롤로그

　1921년 12월 3일, 현재 한글학회 전신인 조선어연구회 발족 100주년을 기념해 편찬하는 〈현대시와 인물 사전〉에 함께할 수 있어서 기쁩니다. 그러나 우리의 얼이 담긴 우리말과 우리글을 지키고자 노력한 선배 학자들의 노력에도 불구하고 외국어나 외래어를 분별없이 사용하고 있는 우리의 모습을 되돌아보면 부끄럽습니다.

　말의 의미가 내면에서 영글게 우리말과 우리글을 아끼고 사랑하며, 독자들에게 울림을 주는 시인이 되고 싶습니다. 거문고 줄은 서로 떨어져 있어 울리는 것이지 함께 붙어 있으면 소리를 낼 수 없다고 합니다. 코비드(COVID)로 인해 두 해째 거리두기를 하고 있지만, 책에 실린 작품마다 거문고 줄처럼 독자들 가슴에 울림의 여운이 길게 남으면 좋겠습니다.

152

새품* / 문철호

가을도 가는 세월을 이기지 못하여
머리에 희끗희끗 흰서리가 내려앉고

야트막한 산언덕과 굽이굽이 도랑에
비바람 맞으며 억척스럽게 살아온 억새

모진 세파에 사그락사그락 흔들리고
멧새의 발걸음에 사각사각 밟히면서

이제나저제나 임 오실까 까치발 딛고
산언덕과 도랑에 새하얗게 핀 눈꽃

그리움과 기다림에 머리가 허옇게 센
새품이 햇살 속에 서럽게 승무를 춘다

* 새품: 억새의 꽃

초가을 상추 / 문철호

시골집 마당 한쪽 터앝에
찬바람 맞아 볼 빨간 상추가
뭘 그렇게 잘 먹었는지
윤기가 좌르르 흐르는 얼굴로
옹기종기 모여 있다

풍성한 상추 한 소쿠리 뜯어
삼겹살 한 점에 고추와 마늘
고추장 듬뿍 찍어 얹고
쌈을 싸서 한입 가득
볼 불룩하게 오물오물 씹는 맛

맛매가 입안 가득 풍기니
초가을 상추가 주는 행복
한 이틀 지나면 마법처럼
다시 풍성해지는 상추밭
어느덧 마음은 부자가 된다

벼람박* / 문철호

철부지 개구쟁이 어린 시절에
내 공책이요 도화지였던 벼람박
하늘땅만큼 큰 꿈을 마음껏 펼치던 곳

기역자 플래시 폐건전지 속
탄소봉 깎아 종이 둘러 연필 만들고
침을 바른 손을 지우개 삼아

기역 니은 디귿 리을 미음 비읍 시옷
가갸거겨고교구규그기 신바람 난 한글 공부
일이삼사오육칠팔구십 덧셈 뺄셈 산수 공부

하늘과 땅 해와 달 나무와 꽃
날짐승과 길짐승 사랑하는 우리 가족
반구대 암각화보다 멋진 그림 그렸지

단물 빠진 풍선껌 크레용 넣고 씹다가
내일 다시 씹으려고 붙여놓던 벼람박
내 마음을 빼곡히 담은 뚜껑 없는 서랍

* 벼람박: '바람벽'의 경기, 충남 방언

155

현대시와 인물 사전
조선어연구회 발족 100주년 기념

시인 박기만

광주광역시 거주
대한문학세계 시 부문 등단
(사)창작문학예술인협의회 회원
대한문인협회 정회원

시인 서재
바로가기

대한문인협회가 추천하는 현대 시인 선정

■ 목차

■ 공저

2021 명인명시 특선시인선

■ 시작 노트 / 프롤로그

퇴직 후 불현듯 글을 쓰고 싶었습니다.

공과대학을 졸업하고 회사 연구소에서 연구에만 젊음을 바쳤던 제가 은퇴하고 문학에 새바람이 일어 쓴 시들이 대한문인협회 신인문학상을 받고 시인이 되었습니다.

시인의 길은 고독의 길 입니다. 쉼 없이 사고하고 자연과 더불어 속삭여야 합니다.

그 결과 향토문학상, 올해의 시인상을 수상했으며, 지회 동인지를 통해 여러 작품을 내고 특히 대한문인협회가 주관하는 현대시를 대표하는 명인명시 특선시인전에 4회에 걸쳐 추천되어 다수의 작품을 선보였습니다.

이제 제 분신 같은 시집을 내려 합니다. 특별하지 않은 텁텁한 막걸리를 마시면서 같이 부를 저의 노래를 선보이겠습니다.

봄 / 박기만

봄을 기다리다
삼월 첫날 아침에
코끝에 닿은 봄 향기에 취해
노래를 부른다

바람 따라 찾아온 봄이여
물오른 가지마다 맺히는 사연일랑
얼음 풀리어 흐르는
계곡물에 홀연히 떠나보내고

사랑 없던 빈들에게도
꽃은 피어나고
처연히 풀죽은 초목이나
온 산 천지에 짙은 향기 품어라

희망의 찬 봄이 오니
삼월의 앞마당에 서서
봄 향기 따스한 인정으로
희망을 실어나르는 향기이어라!

제목 : 봄
시낭송 : 박영애
스마트폰으로 QR 코드를 스캔하면
시낭송을 감상할 수 있습니다

2월을 보내며 / 박기만

봄이야
기다리지 않아도
때가 되면 찾아오지만
지나간 내 나이는
돌아올 줄 모르고

오늘도 매화 가지는
힘차게 봄을 밀어 올리는데
헌칠했던 이마에는
지나간 해 자국만 늘어섰다네

앞산 구름은
바람 따라 떠돌고
햇살 아래 조는 새는
시간 가는 줄 모르는데

2월 작은달 탓하는
게으른 녀석
해 놓은 일 없다며
한숨부터 쉰다네

능소화 / 박기만

어쩌지요
제 마음이
담을 넘었군요

지나는 발걸음 소리에
임 그리며
살짝 넘겨다 본다는 것이 그만

꽃이 피고 지던 그 날에도
하늘 끝에 매어 달린 양
그리움은

뭉게구름 떠가듯 조각들이
송이송이 맺히어 못내
뜨거운 여름꽃으로 피고 났네요

간절한 그리움
얼마나 애타는 기다림이던가
이제나저제나
오가는 발길 따라
귀 기울이며 담을 넘네요

길게 늘어뜨린 그리움
꽃이 사위어갈 때
꽃 되어 담긴 마음
함께 사그라질까 두려움도
길어집니다.

제목 : 능소화
시낭송 : 박영애
스마트폰으로 QR 코드를 스캔하면
시낭송을 감상할 수 있습니다

현대시와 인물 사전
조선어연구회 발족 100주년 기념

시인 박기숙

경기 수원 거주
좋은문학창작예술인협회 시, 수필 등단
(사)창작문학예술인협의회 회원
대한문인협회 정회원

시인 서재
바로가기

대한문인협회가 추천하는 현대 시인 선정

■ 목차

■ 저서

시집 <기다림이 머문 자리>

■ 시작 노트 / 프롤로그

시인은 말한다.

좀더 넓은 세상에서 더 높은 맑고 푸른 하늘을 바라보며
마음껏 노래 하고 싶다.

그 누구가 내 노래를 들어줄까?

아름다운 내 노래가 모든 사람들의 가슴에서 살아 있기를 바란다.

시인의 노래로
아름다운 사회가 이루어지고
가슴이 확트이는 사랑의 노래가 모든 사람들에게 희망을 주는 시인의 노래가
되기를 소망한다.

다람쥐 공원 / 박기숙

그리운 다람쥐 공원!
가고 싶어라
넓고 시원한 푸른 숲속의 커다란 소나무들

코로나 때문에 사랑하는 사람들도
만나지 못하니 마음만 안타깝기만 하구나

다람쥐 공원에서 함께 대화하고 만나던 추억들이
새록새록 역사의 하루를 실어 가고 있구나

시간도 흘러가고 코로나도 함께 흘러가서
기쁘고 즐거운 재회의 그 날이 오기만을 기다려 본다.

올림픽 / 박기숙

올림픽! 전 세계인의 축제다
관중석은 코로나로 무관중이다.

나는 우리나라 선수들을
응원하느라 몹시 마음이 타들어 갔다

금메달을 획득하던, 못하던
최선을 다하는 선수들의 모습에 함께
손에 땀을 쥐고 함께 웃고 함께 울었다

장장 17일간에 뜨거운 땀을
흘리며 열심히 싸우는
선수들의 모습이 자랑스럽고 인간이 얼마나 위대한가를
새삼 느끼며 다시금 인간의 존엄성을 확인했다

3년 뒤에 2024년에는 프랑스에서 올림픽을 한다니
더욱 기대와 설렘으로 기다려 보고자 한다.

무궁화 꽃길 / 박기숙

우리 집 농장 가는 길에는
무궁화 꽃길이 양옆으로
우뚝우뚝 세워져 있다

그 사잇길로 꽃바람에 맞추어
나는 흥얼거리며 노래하며 걸어간다

무궁 무궁 무궁화
무궁화는 우리 꽃
피고 지고 또 피어 무궁화라네

산들바람 타고 꽃잎은 향기를 뿜어 댄다

꽃피어라. 아름다운 무궁화야
금수강산에 찬란하게 빛나는
대한민국의 영롱한 무궁화,
꽃으로 온 세상을 밝게 비추어다오.

현대시와 인물 사전

조선어연구회 발족 100주년 기념

시인 **박남숙**

경북 문경 출생, 구미 거주
대한문학세계 시 부문 등단
(사)창작문학예술인협의회 회원
대한문인협회 정회원

시인 서재
바로가기

대한문인협회가 추천하는 현대 시인 선정

■ 목차

■ 저서

시집 〈그리운 것은 사랑이다〉

■ 시작 노트 / 프롤로그

좋은 사람을 만나기까지는 서로 마음의 교류가 있어야 하듯이 좋은 詩를 쓰기까지는 시에 체온을 불어 넣어줘야 하고 행과 연마다 진실로 펼쳐 놓은 것을 퍼와야 한다

우리네 삶도 그냥 이루어지는 것은 없다 비가 오면 비설거지를 하듯 나이가 들면 조금씩 숙연해지는 것은 어쩜 그 삶에 충실하게 살아왔다는 징표가 아닐까

조금씩 버리고 비우는 중년에 언덕에서 시라는 것을 접하게 되어 붓끝에서 흘러나오는 언어들을 인생의 노을빛을 바라보며 굽이굽이 색칠하듯 아름다운 풍경화를 그려보고 싶어집니다

당산나무 / 박남숙

연둣빛 햇살처럼 미소짓던 당신
동구박 느티나무 등껍질처럼
어머니의 숨결이 머물던 그곳에는

어느새
빈 마당의 쓸쓸함이 퍼덕거리며
가슴 언저리부터 곯아 가고 있습니다

봄이 오면 곡물을 머리에 이고
오일장을 가시던 당신의 하얀 고무신
서산마루에 붉은 노을이 누울 때쯤

고단한 하루를 풀어놓던 평상엔
고등어와 왕사탕이 널브러진 장날은
아궁이도 웃었습니다

가족이라는 올가미에 갇혀
세월의 흔적을 지우지도 못한 채
꽃 가마 타시던 때가 어제 같은데
먼 능선을 두 번이나 넘은 당산나무 아래
추억이 파도처럼 넘실거립니다

그리움이 바람의 발등을 밟는 날은
철없던 그 시절 마법처럼 날아가
당신을 품어봅니다.

봄으로의 귀환 / 박남숙

서걱대는 갈댓잎이 흔들리는 곳으로
굽어진 등에 걸린 주름진 세월이
삶의 쉼표하나 찍어둔 채 하늘을 바라본다

턱 밑에 걸어둔 인연의 수레바퀴를
만지자거려도 이로움으로 삐걱대는
들리지 않은 허수아비 풍경처럼
봄의 풍금 소리가 아련하게 들려온다

여명으로 다가왔을 간절한 소망
소소한 일상이 눈물겹도록 그리운
빈 가슴으로 살아가는 우리는
내일을 잃어버리지 않았기에 꽃등을 켠다

물거품처럼 넘실거리는
저 푸른 꿈의 능선을 지나면
힘차게 희망의 문을 여는 바람의 손짓
나직한 흔들림이 봄꽃으로 퍼져온다.

제목 : 봄으로의 귀환
시낭송 : 박남숙
스마트폰으로 QR 코드를 스캔하면
시낭송을 감상할 수 있습니다

숲에 걸어둔 하루 / 박남숙

바람결에 묻어온 인연인 듯
따뜻함으로 다가서는 그녀
온 세상이 미소로 살랑거린다

그냥. 편안하게 바라볼 수 있고
가슴으로 느낄 수 있는 행복이
아마도 이런 것일 것이다

숲으로 걸어가는 한발 한발이
그녀들의 지나온 삶의 소중함이
깔려 있기에 오늘 이렇게 좋은 것 인가보다

산철쭉이 반겨주는 그 길에
그녀들의 지나온 삶이 누워
속삭여옴은 수국의 향기가 있어서 일 것이다

까슬까슬한 기억은 저 맑은 계곡물에 씻고
대웅전 앞마당에 그녀처럼
곱게 자리 잡은 치자꽃같이
활짝 핀 오늘의 설렘으로 잠시 미소 꽃 피워본다.

현대시와 인물 사전

조선어연구회 발족 100주년 기념

시인 **박상현**

서울 거주
대한문학세계 시 부문 등단
(사)창작문학예술인협의회 회원
대한문인협회 정회원

시인 서재
바로가기

대한문인협회가 추천하는 현대 시인 선정

▪ 공저

2021 명인명시 특선시인선

▪ 시작 노트 / 프롤로그

한 송이 풀꽃이 피는 자리는 그 자리를 흠잡지 않습니다

바람은 지나가는 자리의 그 벽을 두려워하지 않습니다

어릴 적 가난한 어머니의 밥상에 올라오는 반찬의 가짓수는 적어도

정성과 사랑을 담은 밥은 늘 고봉으로 꾹꾹 눌러 담으셨습니다

한 송이 풀꽃 향이 하루 종일 코끝에 맴도는 것처럼

한 줌의 바람이 벽을 넘어서 나뭇가지를 흔드는 것처럼

어머니의 고봉밥이 넘어진 삶의 시련을 일으키는 힘처럼

누군가의 고단한 마음속에 작은 희망의 씨앗이 되고 싶습니다.

168

어머니와 감자꽃 / 박상현

가지런히 빗질한 고랑마다
엎드린 어머니의 등 닮은 시린 꽃봉오리가 맺히고
달빛으로 하얗게 물든 어머니의 고단한 고랑엔 달꽃이 피어난다

방울방울 어머니의 땀방울로 피어나는 감자꽃
마른 흙처럼 갈라진 어머니 발바닥에 흐르는 뜨거운 정성에
허벅지살 같은 하얀 감자가 몸을 뒤척인다

인동초 꽃향기 따라
고단한 어머니의 저녁 그림자가 길게 누워갈 때
함박눈처럼 감자꽃이 피어나고
어머니의 스무 살 흰나비가 밭고랑 사이로 뛰어다니고 있다

제목 : 어머니와 감자꽃
시낭송 : 박영애
스마트폰으로 QR 코드를 스캔하면
시낭송을 감상할 수 있습니다

169

목련꽃과 술빵 / 박상현

어머니는 소쿠리에 막걸리 먹인
흰 술빵을 가득 담아
목련꽃 나무 아래에 내려놓고
잠시 햇살을 가슴에 담는다

"오메 하얀 목련꽃이 피어 부렀네"
"닌 어째스까 그리 슬프나?"
"너가 왔응께 이제 봄인갑다"

그래
그래
목련꽃 너의 이름은 봄이다

겨울 아랫목 장판 다 태우고
윗목엔 곰팡이 꽃피우고
일어선 봄이다

배고픈 기나긴 겨울밤
무 속살 숟가락으로 긁어주던 밤
너의 꽃망울은 술빵 속에서 부풀어가고 있었고
백 감자 아궁이 잿불 위에 익어가는 소리에
목련은 달빛 같은 흰 노래를 부르고 있었다

어머니 흰 고무신이 서럽게 닳고 닳아
목련 꽃잎 주섬주섬 모아 꽃신 만들까?
보름 달빛으로 물든 꽃잎에 촘촘히 박힌 설움

목련꽃 피어나는 소리에 가마솥에 술빵이
봄으로 익어가고
하얀 등불 일제히 횃불 들고 일어선 밤
보리밥 아픔도 목련꽃으로 피어올랐다

어머니의 봄은 빨랫줄에 늘어선
겨울내복의 구멍 난 무릎에 톡톡 떨어지는
선홍빛 동백꽃과 슬프도록 찬란한
목련 꽃잎 속에 번져왔으리라

봄이 툭툭 송두리째 떨어지는 밤
옅은 술기운에 꽃잠을 피웠다

목련 꽃봉오리 속엔 배고픔을 잊게 해 주던
술빵 향이 가득하다

"오메 하얀 목련꽃이 피어 부렀네"

땀에 젖은 흰 수건 위로 목련꽃 닮은
흰나비가 햇살 속으로 훨훨 날아간다.

현대시와 인물 사전

조선어연구회 발족 100주년 기념

시인 **박순애**

대전 거주
대한문학세계 시 부문 등단
(사)창작문학예술인협의회 회원
대한문인협회 총무국장

시인 서재
바로가기

대한문인협회가 추천하는 현대 시인 선정

■ 목차

■ 저서

시낭송 모음집 〈詩 마음 담다〉

■ 시작 노트 / 프롤로그

공원을 거닐다 보면
활짝 웃는 연인들 모습에
자신도 모르게 웃음이 번질 때가 있다
누군가는 기쁨을 나눠 주고
또 누군가는 마음을 안타깝게 하는 모습을 보면서
과연 나는 어떤 모습으로 비칠까하는 질문을 해 본다
선한 영향력을 끼치며 살겠다는 다짐으로
시를 쓰고 시 낭송을 하면서
조금이나마 위로와 따스함을 전하는 마음을 담는다.

그냥 / 박순애

사랑만큼 쉬운 것도
사랑만큼 어려운 것도 없다

사랑하는 것은
마음을 다하여 지키고
끝까지 배려하는 인내가 필요하다

한 번만 더
하나만 더
끊임없이 바라는 사랑은 힘들지만
사랑보다 기쁘고 행복한 것은 없다

어떤 이유도
어떤 조건도 없이
그냥 바라만 보아도 편안한 사랑

생각만 해도
미소 머무는 얼굴
그냥 보고 싶다

빗줄기에 묻다 / 박순애

굵은 빗줄기가 땅에 꽂히려 수도 없이 반복한다
하지만 바닥에 닿는 즉시 뭉개져
다른 빗물과 하나가 된다
빗방울은 소멸되지 않는 방법을 터득한 듯
서로가 서로를 안고 보듬는다

요란한 가을비에
하고 싶은 말을 던진다
침묵이 때로는 아름다운 말보다 좋다

어떤 이의 소망처럼
빗방울 하나하나가 희망의 씨앗
축복의 씨앗이 된다면
하고 싶은 모든 말을
뱉고 싶은 악다구니를 빗줄기에 던지겠다

말 많은 시대에서
묵묵히 입을 닫는 것이 능사는 아니지만
어떻게 하고 싶은 말을 다 할까

수많은 단어가 빗줄기에 묻힌다
조용한 웅얼거림
소통과 어우러짐
크고 작은 빗방울이 서로 엉킨다

회복 / 박순애

뜨거운 볕에도 멈추지 않고
숨을 토해내던 울음소리가
살갗 스치는 바람에 몸을 사린다

어둠의 긴 침묵을 깨고
목청껏 질러대던 매미소리에
귀를 비비던 때가 바로 엊그제

악을 쓰던 매미도
늘어진 무궁화 꽃도
앙다문 입으로 내일을 기약하는데

매일같이 불거져 나오는
불안한 정치, 경제, 사회문제가
서늘한 바람에 날아가면 좋으련만

이 땅이
얼마나 목청을 세워야 안정이 될까
얼마나 더 울어야 옥토가 될까

現代詩와 인물 사전

조선어연구회 발족 100주년 기념

시인 **박영애**

충남 출생, 충북 보은 거주
대한문학세계 시 부문 등단
(사)창작문학예술인협의회 부이사장
대한문인협회 부회장

시인 서재
바로가기

■ 목차

■ 저서

시낭송 모음 9집 〈명시 언어로 남다〉, 시낭송
모음 8집 〈시 마음으로 읽다〉, 시낭송 모음 3
집, 6집, 7집 〈시 소리로 삶을 치유하다〉

대한문인협회가 추천하는 현대 시인 선정

■ 시작 노트 / 프롤로그

華 詩 夢 (화 시 몽)
스러지면서 자신을 남김없이 내어 준 너는
햇살을 머금고서야 내게로 왔다
입안 가득 퍼지는 너의 향기가
아침 이슬처럼 흔적을 남길 때
두 손 살포시 모아 받쳐 들고 너를 마신다
빗방울에 맺혀 내게로 온 너와 함께 한다
아! 달콤하다.

시인은 삶과 자연의 모든 것을 감성(感省)으로 풀어
내어 이야기하고, 시낭송가의 소리는 음률 따라 자연
에 눕고 삶 속에 스며든다.
시어는 날개를 달아 소리로 날고 그 소리는 '명시'되
어 가슴 깊이 '언어'로 남는다.

176

피반령 고개 / 박영애

유난히 바람이 차갑게 불던 날
이름도 모른 채 너를 만났다
굽이굽이 휘어지는 미로 같은 너를 따라가면서
알 수 없는 적막감과 두려움이 나를 휘감았다

차츰 시간이 지나 너를 알게 되었다
이름은 피반령 고개
해발 360미터
아름다운 사계절의 멋진 풍경
청주와 보은을 연결해주는 소중한 통로다

그런 네가 언제부터인가
내 삶 속에 깊숙이 자리했다
철마다 형형색색의 아름다움을 선물해 주었고
기쁨과 슬픔을 함께 나누며 지친 삶을 위로해주고
열정적인 꿈과 삶을 향해 달릴 수 있게 해주었다

너를 만나 두렵기도 했지만
지금 나는 너와 함께
삶을 동행하고 있다.

제목 : 피반령 고개
시낭송 : 박영애
스마트폰으로 QR 코드를 스캔하면
시낭송을 감상할 수 있습니다

아직은 / 박영애

당신이 이 세상 떠나던 날
그 슬픔은 눈이 되어 내리고
내 마음을 얼게 했습니다

흐르는 시간 속에
내 심장은 멈춘 듯 뛰지 않았고
초점 없는 눈은
먼 허공만 바라보았습니다

망부석이 되어
흔들림 없이 나만을 바라보고
사랑하겠노라 고백하던 당신

그 사랑을 감당할 수 없어
환한 웃음 대신
당신을 외면하며 아프게 했던 순간들이
한없이 후회스럽습니다

아직도 나는
당신을 보낼 수 없기에
마지막 가는 길 배웅하지 못하고
가끔
주인 없는 전화번호에 메시지를 남깁니다

잘 지내고 계시지요
보고 싶습니다.

제목 : 아직은
시낭송 : 박영애
스마트폰으로 QR 코드를 스캔하면
시낭송을 감상할 수 있습니다

파도의 사유 / 박영애

거센 파도처럼 밀려오는 그리움은
견딜 수 없는 아픔이 되어
마음 깊은 곳에 또 하나의 흔적을 남기고
소리 없이 사라진다

잊을만하면 찾아오는 통증
아프다
보고 싶다
안고 싶다
그냥 바라만 보아도 좋으련만
네가 없는 이곳이 이리도 황량할 줄 몰랐다

내 사람이어서 행복했다
그 사람이 다른 사람이 아닌
바로 너라서
그냥 마음 깊은 곳에 담았다

그 뿌리가
그토록 깊이 박힌 줄 이제야 깨닫는
나는 바보였다

순간 미치도록 보고 싶어질 때가 있지
지금처럼
그럴 땐 눈물 한 방울 가슴에 담고
그리움으로 꼭꼭 덮어본다.

제목 : 파도의 사유
시낭송 : 박영애
스마트폰으로 QR 코드를 스캔하면
시낭송을 감상할 수 있습니다

현대시와 인물 사전

조선어연구회 발족 100주년 기념

시인 **박진표**

서울 거주
대한문학세계 시 부문 등단
(사)창작문학예술인협의회 회원
대한문인협회 서울지회 감사

시인 서재
바로가기

대한문인협회가 추천하는 현대 시인 선정

■ 목차

■ 저서

제2시집 <풀꽃은 뜨락에 앉아>
제1시집 <꿈은 별이 되어 울고 웃었네!>

■ 시작 노트 / 프롤로그

저녁노을 잠든 자리
달빛 한 그릇 배불리 먹고
하루를 정리하는 이 밤이
한없이 고맙고 감사하다
수많은 꿈들이 울고 웃으며 살아가는
지구라는 작은 별에서 행복을 꿈꾼다
자유롭게 나는 한 마리 새가 된다

오늘도 / 박진표

쿵쿵
심장이 우는 소리
내가 살아있음을 알리고

똑똑
꿈들이 가슴을 두드려
꽃을 피우게 하고

조심조심
내 속에 있는 나를 꺼내
아픔 툭툭 털어
햇살 웃음을 안는다

내 심장의 불은 꺼지지 않는다

숲속에서 / 박진표

하늘 아래
바람이 안아
나무와 새
해와 달
초롱초롱한 별들의 품에
폼나게 안겨 활짝 웃자
그 넓은 가슴에서
푸르른 꿈을 꾼다
어지러운 마음을 씻는다

비밀 / 박진표

어제의 하루가
오늘
도시의 하루를 걸어가고

정직한 땀들은
말없이 꽃을 피우며
내일을 키운다

그래
그랬어
작은 씨앗은
커다란 은하수 품고 있었네

그래서
그렇게 아파했구나
속으로 속으로 노래했구나

현대시와 인물 사전
조선어연구회 발족 100주년 기념

시인 **박희홍**

광주광역시 거주
대한문학세계 시 부문 등단
(사)창작문학예술인협의회 회원
대한문인협회 정회원

시인 서재
바로가기

대한문인협회가 추천하는 현대 시인 선정

■ 목차

■ 저서

제2시집 〈아따 뭔 일로〉
제1시집 〈쫓기는 여우가 뒤를 돌아보는 이유〉

■ 시작 노트 / 프롤로그

내가 글을 쓰는 까닭은 내 가슴속에 숨어있는 나다움을 찾고자 거울에 비추어 보면서 내게 늘 묻고 잘잘 못을 고쳐가기 위함에서다.

다만 생각처럼 잘 써지지 않아 때로는 그만두고 싶은 마음이 굴뚝같지만 내가 내게 다짐한 믿음을 헌신짝처럼 저버리지 않기 위해 온 힘을 다해 내 '글밭'에 웃자란 쓸모없는 풀을 뽑고 물과 거름을 주어 바른 마음으로 가꾸어 좋은 냄새가 물씬 풍기는 옹골찬 열매를 거두어 들릴 수 있게 쉼 없이 쓰고 써나가야겠다고 다짐해 본다.

너그러움의 거울 / 박희홍

몹시 외롭고 쓸쓸하고 힘들어도
얼굴빛 하나 달라지지 않고
그리움이 밀려올 땐 덮어두고
밀려가면 곱씹어가며 한숨으로
뭉친 옹이를 달래며 사는 어머니

찬웃음 비에는 갑자기 솟아오르고
배알이 치밀어 오를 때면 생겨나는
까칠하고 울퉁불퉁한 돌멩이 같아도
포근한 웃음 비, 쏟아질 때는
언제 그래냐는 듯이 온데간데없이
넉넉하고 따뜻한 밝은 낯빛의 어머니

마음이 쓸쓸하고
가슴이 메마른 것 같지만
잔물결과 고요한 새소리를 동무 삼아
혼자서 중얼중얼 노래를 부르며
살갑고 따스함으로 달구어진
보드랍고 넓디넓은
참고 견딤의 거울인 어머니
더할 나위 없이 높고 깊은
가슴 저미게 하는 올곧은 사랑

제목 : 너그러움의 거울
시낭송 : 박영애
스마트폰으로 QR 코드를 스캔하면
시낭송을 감상할 수 있습니다

185

어깃장 놓기 / 박희홍

꽁보리밥 가운데
한 줌 쌀 넣고 뜸 들인
할머니 밥에 군침이 돌아
먹고 싶은 마음에
안달이나 배가 아프다며
쪼그리고 누워있는데

엄마가 잠깐 뒤뜰
정구지*밭에 가고 없는 사이에
내 꽁보리밥 그릇을 재빨리 비우고
쌀밥을 몽땅 퍼 담고서
나를 깨워 밥 먹자는 할머니

엄마한테 들켜 꾸중을 들을까 봐
마파람에 게 눈 감추듯이
허둥지둥 게걸스레 먹고 나서
노루가 껑충껑충 뛰어가듯이
곧장 가뿐하게 줄걸음을 쳐 버렸으니

지금쯤 엄마는 벼르고 있을까

제목 : 어깃장 놓기
시낭송 : 박영애
스마트폰으로 QR 코드를 스캔하면
시낭송을 감상할 수 있습니다

* 정구지 : 부추의 방언.

186

찬찬한 손길 / 박희홍

겨울 김장철이면
울안의 가장자리에
김칫독과 무를 묻던
얼어 곱은 어머니의 차디찬 손

밤늦도록 가마니를 짜다
출출하면 배추뿌렁구를 깎아
배고픔을 달래주던
거친 어머니의 수세미 같은 손

할아버지의 나들잇길 겉옷을
구김살 없게 온갖 힘을 다해
정갈하게 다림질한 두루마기
어른을 받듦이 깊은 어머니

까칠하지만 아늑하고 부드럽던
쭈그러진 손을 만져 볼 수 있던
그때 그날들의 따뜻함을 잊지 못해
허전함과 그리움이 앞서곤 한다

제목 : 찬찬한 손길
시낭송 : 박영애
스마트폰으로 QR 코드를 스캔하면
시낭송을 감상할 수 있습니다

187

현대시와 인물 사전
2021
조선어연구회 발족 100주년 기념

시인 **백승운**

서울 거주
대한문학세계 시 부문 등단
(사)창작문학예술인협의회 회원
대한문인협회 서울지회 사무국장

시인 서재
바로가기

대한문인협회가 추천하는 현대 시인 선정

■ 목차

■ 공저

2021 명인명시 특선시인선

■ 시작 노트 / 프롤로그

시인 등단 후 회사생활과 문학 활동을 병행하는 어려움이 있지만, 시를 쓴다는 즐거움으로 지면과 SNS 등에서 지속적인 활동을 하고 있으며 도각(道角), 가암(嘉巖)이란 아호를 사용하고 있다.

대한문인협회 2021년 신춘문학상 공모전 금상(솟대), 대한문인협회 2020년, 2021년 명인명시 특선시인선 선정, 대한문인협회 2019년 11월 3주 금주의 시 선정(가을비), 대한문인협회 2019년 7월 1주 좋은 시 선정(폭염의 습격), 대한문인협회 2019년 3월 4주 좋은 시 선정(너도 바람꽃), 2019년 위대한 한국인 대상, 대한문인협회 2019년 올해의 시인상, 2019년 지하철 승강장 안전문 게시용 시(이팝나무) 공모전 당선

아버지와 지게 / 백승운

방법은 없었다
아무것도 손에 쥔 게 없는 가난

밤낮으로 일을 하는 게
단 하나의 방법인 시절

살아가는 작은 밑천
담고 비우고 담고 비우고

아버지의 늙은 무릎 삐걱대고
팔에 힘이 빠질 때쯤

한쪽 다리도 짧아지고
어깨를 감싼 끈도 낡아
볼품없어졌지만

최선을 다한 너의 모습
시퍼렇게 멍든 아버지 어깨 위에

고스란히 남아 토닥토닥
서로를 위로하며 일어선다.

제목 : 아버지와 지게
시낭송 : 박영애
스마트폰으로 QR 코드를 스캔하면
시낭송을 감상할 수 있습니다

189

동강할미꽃 / 백승운

하늘 향한 분홍 그리움
벼랑 끝에서 노랗게 열어
하얀 치마 동강에 담그고

떠나간 손자놈 오기만
부는 바람에 흔들리다가
눈물 흘려 바위도 멍이 들면

꽃잎 떨어져 조각배 되어
청춘을 잊고 강물 따라
시간이 가는 듯 흘러가는데

할머니 긴 인생의 여정
하얗게 젊은 날의 꿈을 찾아
그렇게 떠나간 자리

노란 할미새가 친구처럼 찾아와
손자처럼 품 안에서
새로운 희망을 노래합니다.

제목 : 동강할미꽃
시낭송 : 박영애
스마트폰으로 QR 코드를 스캔하면
시낭송을 감상할 수 있습니다

까치밥 / 백승운

하얗게 눈이 내린 가지 위에
잘 익은 홍시가 볼 빨갛게
등불이 되어 유혹합니다

넉넉한 살림이 아니어도
훈훈한 베풂과 자연과 하나로
살아오신 지혜로운 순리들

달달한 꿀물 같은 아침이
생각나면 푸드덕 날아와
깨작깨작 울어주고 까딱까딱 이면

반가운 소식 올까 하는
그리움의 희망으로 기분 좋아지는 아침
그리도 깍 깍깍 소리가 반가울 수가

하나를 주고 몇 번이나
기분 좋아지는 까치밥
오늘은 어떤 소식을 가져다줄지

환청처럼 들려오는 까치 소리
감나무를 쳐다보시는 어머님 눈엔
희망이 달콤합니다.

현대시와 인물 사전

조선어연구회 발족 100주년 기념

시인 서현숙

경북 영주 출생, 경기 수원 거주
대한문학세계 시 부문 등단
(사)창작문학예술인협의회 회원
대한문인협회 정회원

시인 서재
바로가기

대한문인협회가 추천하는 현대 시인 선정

■ 목차

■ 저서

제2시집 <오월은 간다>
제1시집 <들 향기 피면>

■ 시작 노트 / 프롤로그

2011년 6월 대한문학세계 詩 부분으로 등단하여 바람 같이 스치듯 지나온 10년의 세월이 주마등 같다.

외롭고 쓸쓸할 때 시린 가슴 부여안고 울고 싶을 때 사랑하는 사람을 만나 감격과 기쁨의 눈물을 흘릴 때

바위틈에 수줍게 핀 들꽃 사계절 자연을 바라보고 좋아하는 詩를 쓸 수 있어 행복하다

시인으로 등단하고 문인이 된 후 첫 시집 "들 향기 피면", 두 번째 "오월은 간다"는 시집을 출간하였을 때 모든 분들께 감사드리며 설렘으로 온통 가슴이 뛰고 행복했다.

가을 길 떠나라 / 서현숙

붉게 물든 가을빛
그리움으로 머물며
어제 내린 빗물로 인하여
고운 색채 눈부시다

잠시 숨을 고르듯
하던 일 멈추고
깊어가는 가을 찾아
떠나보는 것은 어떨까

빠르게 지난 세월
덧없음도 접고
아득하기만 하던
천고마비의 계절에

무덥던 여름 가고
시원한 바람이 부는 날
푸른 하늘 벗 삼아
가을 길 떠나라.

제목 : 가을 길 떠나라
시낭송 : 박영애
스마트폰으로 QR 코드를 스캔하면
시낭송을 감상할 수 있습니다

그대 향기 / 서현숙

창밖에는 가을비
속절없이 내리고

빗방울 같은
수많은 이야기 나누던
그 날밤이 그립습니다

그대는 돌아서서
저만치 가는데

그리운 마음은
어느새 바람 타고 내려와

애잔함을 전한
그대 향기 그립습니다.

제목 : 그대 향기
시낭송 : 박영애
스마트폰으로 QR 코드를 스캔하면
시낭송을 감상할 수 있습니다

194

달맞이꽃 / 서현숙

달 뜨면 임을 보듯
온몸으로 마중 가는
너의 이름 달맞이꽃

노란 그리움
여리디여린 이파리
줄기 기둥 세워 어여쁘다

외로운 들길 다소곳이 피어
낮과 밤 바꾸어
밤에 핀다

달 뜨면 두 팔 벌려
밀어를 속삭이며
임을 안고 돌고 돈다.

현대시와 인물 사전

조선어연구회 발족 100주년 기념

시인 **성경자**

서울 거주
대한문학세계 시 부문 등단
(사)창작문학예술인협의회 회원
대한문인협회 정회원

시인 서재
바로가기

대한문인협회가 추천하는 현대 시인 선정

■ 목차

■ 저서

시집 < 삶을 그리다 >

■ 시작 노트 / 프롤로그

어린 시절 늘 일기를 써왔다. 그것이 계기가 되어 지금의 나를 만들었다고 생각한다. 시인으로 몸을 담고 있으면서도 시를 쓴다는 것은 참 어려운 숙제처럼 느껴진다. 작품 속에서 그 뜻의 의미를 전달하는 것도 시인의 몫이라 생각한다. 글에 대한 허구가 아닌 가슴에 와 닿는 진정한 문학인으로서의 글을 쓰고 싶다.

소극적이던 성격을 긍정적인 성격(나는 할 수 있다.)으로 바꿀 수 있던 것도 글을 쓰면서 인 것 같다. 이상과 현실을 넘나들 수 있는 것이 시라고 생각한다. 한 편의 드라마를 쓰기 위해 오늘도 팬을 잡는다.

나뭇잎 하나 / 성경자

침묵이 잠자는 시간
나뭇잎 하나
기지개를 켜고 일어난다

일상 속에서
길을 잃고 방황하며
스스로 아픔을 배우는 중이다

더러는 찢기는 아픔도
더러는 사랑의 아픔도
더러는 떨어지는 아픔까지도

바람 따라 날지 않아도 좋다
모든 아픔을 배워야 하기에
오늘도 나는 방황한다.

제목 : 나뭇잎 하나
시낭송 : 박영애
스마트폰으로 QR 코드를 스캔하면
시낭송을 감상할 수 있습니다

꿈과 현실 사이에 홀로서기 / 성경자

외롭게 떠 있던 별이 지면
어둠은 그 자리를 짙게 물들이고
끝이 보이지 않는 자신과 싸움은
꿈속에서도 나를 닮은 내가 보인다.

스스로 쳐놓은 장벽이 높아질수록
나오기 위해 허우적대며 몸부림을 치고
내면에 깊이 숨어있는 자유와 용기를
하나씩 꺼내어 자아 성찰한다.

손바닥을 뒤집듯 달라지는 나날들
천사와 악마의 싸움은 이어지고
사람들의 두 마음이 전개되는 삶 속에도
그대로인 모습에 감사한 마음을 가져본다.

이제는 바람에 밀려다니는 삶이 아닌
당당한 모습으로 하나씩 만들어나가고
이루고 싶던 꿈은 현실이 되어 갈수록
홀로서기를 위해 오늘도 도약한다.

제목 : 꿈과 현실 사이에 홀로서기
시낭송 : 박영애
스마트폰으로 QR 코드를 스캔하면
시낭송을 감상할 수 있습니다

상처 / 성경자

살을 에는 바람도
무섭게 내리는 장대비도
나는 견딜 수 있다.

처참히 짓밟히고
많은 비수가 등에 꽂혀도
나는 참을 수 있다.

한발씩 내딛던 발걸음
잠시 더디게 나갈 뿐
나는 멈추지 않는다.

살면서 더한 고통도
견디며 살았기에
나는 자신을 믿는다.

제목 : 상처
시낭송 : 박순애
스마트폰으로 QR 코드를 스캔하면
시낭송을 감상할 수 있습니다

현대시와 인물 사전
조선어연구회 발족 100주년 기념

시인 **손영호**

경북 울진 출생, 울진 거주
대한문학세계 시 부문 등단
(사)창작문학예술인협의회 회원
대한문인협회 정회원

시인 서재
바로가기

대한문인협회가 추천하는 현대 시인 선정

▪ 목차

▪ 저서

제2시집 〈시간은 나를 기다려 주지 않는다〉
제1시집 〈세월이 바람인 것을〉

▪ 시작 노트 / 프롤로그

꿈을 펼칠 수 있다는 것은 아직 기회가 살아 숨 쉬고
있다는 것입니다

문인의 마음에 쌓인 포부에 글들을 들어내어 독자로
부터 전달할 수 있다면 문인으로서 더할 나위가 없
겠죠

배움의 길은 참 멀기도 합니다

앞으로도 더 좋은 작품의 글을 써서 꿈으로 펼쳐 볼
까 합니다.

두물머리 / 손영호

어디가 아래고
어디가 위인지 알 수 없는 물결
두 물이 만나서
평화롭게 유유히 흐른다

흐르다
흐르다
고인 강물 속에
고기떼 노니는 검푸른 강물의 숲
그 속에서
예쁜 연꽃이 피고 있다

남과 북의 혼탁한 물속에 뒤엉켜 그림자도 없이 쑥 자란
넓적한 연잎 사이로 순결의 꽃이 숨쉬고

강바람에 살랑거리며 꽃대 흔들리는 윤슬의 빛
그 노을의 전경
두물머리의 영상에
하루의 수기 속에 새로이 희망의 고귀함을 느껴본다.

제목 : 두물머리
시낭송 : 박영애
스마트폰으로 QR 코드를 스캔하면
시낭송을 감상할 수 있습니다

201

계절의 변천 / 손영호

풍요로운
들판에
가을빛이 아리다

허한 길거리에는
이슬에 찬 바람이
옷깃을 여미고

철 지난 뙤약볕은
높푸른 가을 하늘빛이 되었네

층으로 깔린 흰 구름 중천으로 흘러가고

찬 바람이 몰고 온 계절은
쓸쓸한 가을 낙엽이 되었다.

회룡포 / 손영호

물길 둘러싸인 회룡포
돌고 도는 강물아
물길 바라보아도 천년의 세월
너는 그대로인데
저 강물은 굽이굽이 어디로 자꾸 흘러가느냐
하늘빛 구름 빛 바라보며
회룡포 모래밭에
알알이 새겨
씻겨가는 역사의 흔적들이
매일 저 강물 돌아가듯
또 흘러가고
또 흘러온다
회룡포로,

현대시와 인물 사전

조선어연구회 발족 100주년 기념

시인 **손해진**

천안 거주
대한문학세계 시 부문 등단
(사)창작문학예술인협의회 회원
대한문인협회 정회원

시인 서재
바로가기

대한문인협회가 추천하는 현대 시인 선정

■ 목차

■ 공저

2021 명인명시 특선시인선

■ 시작 노트 / 프롤로그

날마다 소소한 일상을 맞이하는 삶의 기쁨, 행복, 정감과 사랑

그런 마음들이 내 가슴 언저리께에서 풀어져 녹아내리는 삶의 풍부

거기엔 고대로부터 이어져 온 유전의 생각과 사상들이 나를 감싸고

나의 길을 함께 지켜나가고 있다.

담장 너머로 가을이 오는 소리 / 손해진

봄인가 싶더니
한여름의 뜨거운 잔상을 지나
어느새 가을 녘에 들어선다

시간의 흐름을 다 담아낸
붉은빛은 한껏 정겨움을 더해주고
가지에서 가지로 흘러
삶의 소박한 교훈들을 담아낸다

숲이 우리에게 주는 선물
사랑도 미움도 아픔도 희락도
모두가 이 속으로 녹아들어
서로가 서로에게 끼친
상처를 보듬는 법을 깨우쳐준다

그리고 조용한 기다림의 끝에 맞이하는
고고한 사랑도 어느새
가을을 따라 조금씩 무르익어
위대한 우주의 비밀을 풀어낸 마음처럼
깊고 깊은 사랑의 진리를
우리에게 속삭여준다

내 마음의 친구들 / 손해진

내 마음을 깨끗이 빨아서
바람 잘 부는
햇살 가득한 곳에 널어
뽀송뽀송하게
잘 말릴 수만 있다면 좋겠습니다

그런 물 같은 이
그런 비누 같은 이
그런 빨래판 같은 이
그런 손을 가진 이

그런 햇살 같은 이
그런 빨랫줄 같은 이
그런 빨래 찌께 같은 이
그런 바람 같은 이

이런 소중한 이들이
나의 친구가 되어
항상 내 곁에서
오래도록 함께
머물러 주었으면 좋겠습니다

겨레의 혼불 / 손해진

반만년 역사 속에 살아 숨 쉰 넋!
흑성산 그 발아래 고이 누이어
맺힌 가슴 날마다 풀어 내린다

능선마다 구비 흐른 독립의 숨결
응집한 피, 땀방울을 아로새기며
구만리 머나먼 길 가신 임이여!

눈물로 쓰러져간 겨레의 애환을
초혼으로 맞이하는 굳센 섬김과
한 몸 되어 받드는 드높은 기상

거대한 호수의 물안개처럼 피는
기운찬 새 아침의 해맞이와 운무로
성스러운 민족의 꿈 불을 밝힌다.

* 독립기념관에서

현대시와 인물 사전
2021
조선어연구회 발족 100주년 기념

시인 송근주

서울 거주
대한문학세계 시 부문 등단
(사)창작문학예술인협의회 회원
대한문인협회 정회원

시인 서재
바로가기

대한문인협회가 추천하는 현대 시인 선정

■ 목차

■ 저서

시집 〈그냥 야인〉

■ 시작 노트 / 프롤로그

나 자신이 스스로 시인이라는 고정관념에 묶이지 않고, 자유로운 영혼으로 시인의 틀을 깨는 시인이고 싶다. 시가 좋다 나쁘다 할 필요가 없다. 시인이 생각하는 대상만 있으면 되니까 말이다. 사랑하면 누구나 시인이 될 수 있다.

흐르는 시간과 공간을 눈으로 확인하려 들지 않고 그 순간을 느끼면서 자연과 물아일체 되어 시어로 내 뿜고 싶다.

들숨과 날숨처럼 공기 중에 돌고 돌며 순간 내뱉는 숨결에 뜻을 담아내는 시인이고 싶다.

나의 사진 / 송근주

찾아온 친구는
나의 사진을 한 뭉치를 꺼내 주고 돌아갔다

아무도 없는 골방에 누워 있던 나는
의식을 깨워 나의 얼굴을 찾았다
사진에 나의 얼굴은 하나도 없었다

창고 문이 문양 되어 있는 것이었고
환한 조명이 비추고 있었다
밖으로 드러난 검은 선은
저승사자의 웃는 얼굴처럼
파리하게 뚜렷하다

나의 얼굴이 없는 나의 사진
이것이 나의 사진인가
나는 던져버렸다

순식간에 사라져 버린 사진
내 곁에 남아 있는 것은
창고 문이 문양 되어있는
환한 조명이 비추고 있는 잔영뿐이다.

제목 : 나의 사진
시낭송 : 박영애
스마트폰으로 QR 코드를 스캔하면
시낭송을 감상할 수 있습니다

행복한 마음 채우고 있다 / 송근주

너울이 친다
거침없이 파도를 가르며
바다를 가로질러
마음의 바다를 향해
너울이 친다

이픔이 있다
슬픔도 없다
너울은 나의 마음에
물결로 덮쳐와
행복한 마음 채우고 있다

너울의 설레임을
행복의 문을 활짝 여는 물결이라 한다
너울이 친다
고통도 없다
불행도 없다

너울이 친다
거침없는 마음의 바다에
행복의 문을 열어 물결 되어 밀려와
너울의 물결로
행복한 마음 채우고 있다.

제목 : 행복한 마음 채우고 있다
시낭송 : 박영애
스마트폰으로 QR 코드를 스캔하면
시낭송을 감상할 수 있습니다

야인 / 송근주

들에 사는 들풀과
들에 사는 들꽃은
야인이다

들과 하나 되어
들에 사는 들의 풀과 꽃
야인이 되어
그 자리에 뿌리를 내리고 있다

야인의 생을 한 해로 보내기도 하고
여러 해를 보내기도 하면서
사는 재미를 붙인다

야인으로 살기에
꽃 피워 씨 날리고
더 멀리 더 멀리
날려 보내려고

바람에 길을 내 달라고
살랑살랑
바람결을
파도타기하고 날아간다.

제목 : 야인
시낭송 : 박영애
스마트폰으로 QR 코드를 스캔하면
시낭송을 감상할 수 있습니다

211

현대시와 인물 사전
조선어연구회 발족 100주년 기념

시인 **안태현**

경기 수원 거주
대한문학세계 시 부문 등단
(사)창작문학예술인협의회 회원
대한문인협회 정회원

시인 서재
바로가기

대한문인협회가 추천하는 현대 시인 선정

■ 목차

■ 공저

2015 대한문학세계 가을호

■ 시작 노트 / 프롤로그

막연한 기다림으로 별을 세어 왔다. 눈물 반짝이며 초롱초롱하던 빛으로 발하던 빛을 사랑했고 그들의 고백을 들으며 새록새록 꿈으로 솟아났다. 때로는 꽃들의 영혼이 되어 각각의 모습으로 사랑했고, 때로는 비가 되어 구름을 독려했고, 꽃잎에 떨어지면서 향기를 뿜어냈다. 비 온 뒤의 유혹 살포시 피어나는 꽃을 보면서 향기와 함께 속살거리는 나의 모습을 보았다. 내가 사랑했던 그것이 그토록 찾아 헤매던 그것이 거기 서 있었다. 분명 내가 찾던 별이었다. 그 별은 다름 아닌 내가 꿈으로 피어났음을 난 알았다.

말이라는 씨앗 / 안태현

글자들을 멍석 위에 널어놓고는
도리깨질을 해 댄다
사방팔방을 튀는 글자는 어디에 박힐 줄도 모르고
수북이 쌓인 곳만 골라서 멍석 위에 모은다

그래도
한 알갱이라도 주울 양
눈 부릅뜨고 찾아봤지만
어디에 박혀있는지 다 찾을 수는 없다

너 어디 있니 물어도
대답할 리 없는 곳곳에 박힌 말들은
봄 따뜻해지면 고운 싹을 틔울까?

그러나
답은 없다.

제목 : 말이라는 씨앗
시낭송 : 박영애
스마트폰으로 QR 코드를 스캔하면
시낭송을 감상할 수 있습니다

물결의 소명(疏明) / 안태현

파란 물결이 도도(滔滔)하게 흐른다

어깨에 짊어진 노는
가쁜 숨을 뿜어 내고
내내 내어놓은 풍광(風光)에 젖어 노니
입김조차 푸르다 하는구나!

영근 파도는
손 등으로 연실 훔친다
유유히 흐르는 숲에
노래 타고 흥건하니 흐르니 흐르니
어깨춤이 둥실
어깨춤이 둥실

내내 그 부르는 물속 별빛조차 아름다운 맵시
굽이굽이 타고 흘러
굽이굽이 타고 흐른다

별이 자라 난 곳에서
별이 자라 난 곳에서부터
별이 큰 자리로 돌아가나니....

제목 : 물결의 소명
시낭송 : 박영애
스마트폰으로 QR 코드를 스캔하면
시낭송을 감상할 수 있습니다

214

옥탑방 / 안태현

창밖을 내다보면
수직으로 늘어선
건물들의 암울한 고백

혹간 미소도 있겠지만
아니 웃음 또한
흘러나오겠지

그런데 웬일일까?
하나도 들리지 않는다
분명 누군가가 있을 터인데

고요와 침묵이 흐르는 곳에
나와 거미가 엮어 놓은 길에
거미줄 걸려든 나의 표상

분분히 꿈틀거리는
나의 비명이 허공을
짓누른다.

제목 : 옥탑방
시낭송 : 박영애
스마트폰으로 QR 코드를 스캔하면
시낭송을 감상할 수 있습니다

현대시와 인물 사전

조선어연구회 발족 100주년 기념

시인 **여관구**

경북 상주 출생, 경산 거주
대한문학세계 시 부문 등단
(사)창작문학예술인협의회 회원
대한문인협회 정회원

시인 서재
바로가기

대한문인협회가 추천하는 현대 시인 선정

■ 목차

■ 저서

시집 〈작은 기쁨들의 천국〉

■ 시작 노트 / 프롤로그

나는 2015년 3월에 대한 문학세계 문예지 신인문학상
으로 등단했다. 나의 충만한 시상들은 주체할 수가 없
었는데 세월에 떠 밀려가는 지금은 가뭄에 갈증이 나
듯이 욕심은 가득한데 시상이란 놈이 앉을 자리를 찾
지를 못하는군요.

산골짜기에 끊임없이 솟아나는 샘물이 있듯이 내 마
음의 골짜기에도 어느 곳에서는 갈망하는 시상이 넘
쳐 나고 있으리라 믿는다.

'시니어 기자'가 되고나서 시상의 충만 보다는 인생
의 즐거움을 찾아다니는 생의 행보가 시상을 게으름
속에 가두어 놓았지만 시의 인생이 다하는 날까지 아
름다운 시상을 캐고 인생 후반에 찾은 나의 즐거움을
행복의 방에 가두어놓는 '돌 그림 작품'을 만들면서
동참하는 많은 사람들과 같은 마음으로 시인의 삶을
살고 싶다.

내 삶의 발자국 / 여관구

내 삶의 발자국이
여기까지 오기엔 많은 어려움도 있었다.

어떤 때는 절룩거리며 아파하기도 하고
또 어떤 때는 숨이 멈출 만큼
가슴이 답답할 때도 있었다.

그러나 내 삶의 발자국은
아직까지 아름다운 삶을
기쁨으로 이끌고 있다.

언제 멈출지 알 수 없는 삶이지만
움직이는 한 따뜻한 사랑으로
삶의 발자국이 멈추는 그날까지
탐내는 마음을 사랑으로 감싸렵니다.

꽃씨의 목마름 / 여관구

불볕더위가 기한 없이 땅을 달구는 요즘
끓어오르는 뜨거움을 땀방울로 식히려
애를 써 보지만 내 마음의 목마름은
더 심해지고
하늘 귀퉁이 저 작은 구름 위에라도
꽃씨를 뿌리고 싶다.

어린아이 같은 꽃씨의 목마름을
저 하늘이 사랑의 눈물이라도
쏟아놓기를 바라는 마음으로
나의 삶을 조아려 본다.

돌의 예쁜 마음 그리기 / 여관구

올망졸망 냇가를 거닐고 있는
마음의 색깔이 예쁜 돌을
가슴에 품고 집으로 왔다.

나는 그녀의 마음을 들여다보기 위하여
내 마음속 깊이 품어본다.

그녀를 처음 만나
가슴 두근거리며 사랑을 느끼듯이
나는 마음을 두근거리며 그녀를 보았다.

움직임 없는 몸짓을
나는 사랑으로 나타내려고 애를 쓴다.
그녀의 두 눈동자 속에서 이글거리는 사랑의 말들을
내 마음속에 예쁘게 꾸며놓고

우리가 살고 있는
삶의 생김새들을 그려놓은 돌들의 예쁜 마음을
모든 이들이 마음으로 깊이 느끼며 볼 수 있도록
뜨거운 마음으로 그려놓는다.

현대시와 인물 사전
조선어연구회 발족 100주년 기념

시인 **염경희**

경기 이천 거주
대한문학세계 시 부문 등단
(사)창작문학예술인협의회 회원
대한문인협회 정회원

시인 서재
바로가기

대한문인협회가 추천하는 현대 시인 선정

■ 목차

■ 공저

박영애 시낭송 모음 9집
〈명시 언어로 남다〉

■ 시작 노트 / 프롤로그

외로울 때는 하늘을 봅니다
밤하늘 별들의 속삭임 좇아가노라면
별똥별 떨어지듯 시어들이 톡톡 떨어집니다

삶의 희로애락 하나둘
글 꽃으로 피워 인생의 여백을
독자님들과 함께 채워가고 싶습니다

비 내린 후 햇살에 피어나는 무지개처럼
익을수록 고개를 숙이는 나락처럼
희망을 주는 시, 심금을 울리는 시를 지어서
사랑받는 시인이 되기를 소망합니다

아기별 / 염경희

노을을 먹은 빨간 개울물에
수양버들 머리를 감고
풍덩 빠진 쪽 구름
몌을 감는 석양 길

버들이 손목 잡고
두런두런 그리움을 좇아가니
어느새 고향 집 댓돌이더라

처마 끝에 달린 초승달이
저녁 이슬에 무지갯빛 날개 달고
구름 위를 유영하며
톡 톡 아기별을 낳는다

댓돌 비집고 피어난 제비꽃
함박웃음 지으며
아기별과 포옹을 한다.

예쁜 도둑 / 염경희

도난신고를 해야 할까 봐.

하얀 천으로 얼굴을 가리고
토끼처럼 까만 눈동자만 굴리며
초인종을 누른다.

도둑인 줄 알면서 버선발로 반기는 할머니
아이고 내 강아지 왔네
반가운 마음 앞서 덥석 안으려니

할머니 손 씻어야 해요
까치발로 비누 거품 몽글몽글 내어
오물쪼물 기특하기도 하지
할머니 입가에 미소가 낮달만큼 환하다.

간밤에 둥근 달이 불침번을 섰건만
할머니는 고물고물 손자녀에게
도둑을 맞았습니다

예쁜 도둑에게 엔도르핀은 받고
마음은 빼앗겼다니까요
어디에 신고해야 하나요.

제목 : 예쁜 도둑
시낭송 : 박영애
스마트폰으로 QR 코드를 스캔하면
시낭송을 감상할 수 있습니다

222

소꿉친구야 / 염경희

그 옛날 어린 시절
고향 모습은 거물거리지만
기억은 선명하다

엄마의 품속같이 따뜻한 곳
공기만 마셔도 배부른 곳
마냥 안기어 쉬고 싶은 내 고향

향수에 젖어 한달음에 달려가 보면
왠지 딴 세상인 듯 낯설지만
아련히 떠오르는 코 찔 질이 친구들

대추나무집 영숙이네 마당에서 구슬치기하고
손등이 거북이 등짝 같이 터지도록 잣 치기 하던
그때 소꿉친구들이 그립다.

옥수수밭에선 옥수숫대 벗겨 먹고
깜부기 따 먹으며 검은 입술 보고 깔깔거리던 친구들아
살랑이는 봄바람에 팝콘이 터지듯 하얀 꽃비가 내린다.

소꿉친구야! 보고 싶다
고향 집 뜰 안에도 복사꽃 피고 추억들이 조잘거리겠지
우리 함께 소꿉놀이하러 가보자꾸나.

조선어연구회 발족 100주년 기념

시인 염규식

부산 거주
대한문학세계 수필 부문 등단
(사)창작문학예술인협의회 회원
대한문인협회 정회원

시인 서재
바로가기

대한문인협회가 추천하는 현대 시인 선정

■ 목차

■ 저서

시집 〈사랑은 시를 만들고〉

■ 시작 노트 / 프롤로그

시는 늘 어렵다 그러나 시는 언제가 우리들의 가슴속에 고통 속에서 피어나는 꽃이다. 끊임없이 자신을 찾아가는 투영되는 의식 속에서 예술을 창출하는 시인의 기쁨입니다.

나의 노래 / 염규식

소년은 들판의 푸름과 정기를 받았다.
달리는 소년은 태양보다 붉었고
꿈은 창공의 솔개보다 높이 날았다.

오월의 빨리 시드는 장미 뒤에
퇴색한 영광의 들판을 지나면서
세월은 면류관을 시들게 하고
사나운 바람으로 명예의 옷을 벗겼다.

힘이 다해버린 세월의 죽음을 보면서
초원을 달리는 푸른 갈기는 흐트러지고
흐르는 시간에 색 바랜 영광을 내어 준다.

운명을 가로지르며 외쳤던 노래를 기억하고
현재를 먹어버리고 짙은 그림자를 남겨버린
과거를 돌려 새워, 긴장과 자극을 다시 찾는다.

이제 창공의 꿈은 세월에 던져버리고
의미와 가치와의 동침을 사랑하면서
백색 갈기 날리며 초록빛 하늘을 달린다.

현재를 포옹하고 미래를 손짓하며 부르는
나만의 노래.

수은등 / 염규식

나에게 당신의 그리움이
깊어질 때면
나는 더욱 고개를 숙이겠지요.

내 가슴의 작은 불빛 아래
오늘처럼 비바람이 치는 날
그대가 그리운 날입니다.

마지막 불꽃을 태우려
애타게 부르짖으며
희미한 빛을 뿌려봅니다.

당신은 언젠가 알겠지요
내 가슴속에
그대를 기다리는 작은 등불이 있음을

흐르는 세월 긴긴날 외롭게 서 있어도
언젠가 돌아올 당신을 위해
더욱 고개를 떨구고 맙니다.

제목 : 수은등
시낭송 : 최명자
스마트폰으로 QR 코드를 스캔하면
시낭송을 감상할 수 있습니다

한 사람 / 염규식

예쁜 손편지에 떨어지는 눈꽃 하나
보내고 싶은
한 사람이 있습니다.

꽃샘추위 고운 새싹 내 마음 흔들 때면
아련히 생각나는
한 사람 있습니다.

들판에 꽃길 따라 거닐며
먼 기다림에 지쳐서
와인 한 잔 마실 때
문득 기억나는 한 사람 있습니다.

공원의 쌓이는 낙엽 밟을 때
같이 걸었으면 하는 한 사람
있습니다.

흐르는 세월도 그리움의 연을
놓을 수 없어서 눈꽃 내리는 이 밤
그리운 한 사람 있습니다.

제목 : 한 사람
시낭송 : 박영애
스마트폰으로 QR 코드를 스캔하면
시낭송을 감상할 수 있습니다

현대시와 인물 사전

조선어연구회 발족 100주년 기념

시인 **오승한**

인천 거주
대한문학세계 시 부문 등단
(사)창작문학예술인협의회 회원
대한문인협회 인천지회 지회장

시인 서재
바로가기

대한문인협회가 추천하는 현대 시인 선정

■ 목차

■ 공저

2021 명인명시 특선시인선

■ 시작 노트 / 프롤로그

오염된 공기에 지친 숨 고르며
잊힌 기억을 더듬어
청결한 자연의 본 모습을 찾는다

흐르는 세월의 강물에 쓸려 혼미한
과거와 현재, 그리고 미래의
희석된 인생의 엷은 색채를 모은다

눈 부신 태양 짙푸른 하늘에
뭉실뭉실 희망의 구름 한 점 던져놓는다.

조용한 이별 / 오승한

뜨겁던 여름도
지난 이야기가 되었다

무더위에 지친 갈증으로
무작정 발을 담그고
속살이 훤히 비친 옷을 벗었다

뼛속까지 짜릿했던 쾌감의 여름이 순간처럼 가고
붉은 가을이 다 가도록
식고 있는 계절을 알지 못했다

터질 듯 상기된 열정의 꿈은
얼굴을 가린 맹세였나
받아 놓은 눈물마저
꽁꽁 얼어 버렸다

헐렁해진 문설주에 대못을 치고
상기된 희열을 다듬질한다

이제 또다시 그 여름이 와도
달아오른 하얀 속살을 볼 수가 없다

그렇게도 뜨거웠던 그 여름이
이젠 지난 이야기가 되었다.

그 섬으로 가고 싶다 / 오승한

세찬 바람에 하늘 높이 떠돌다
떨어진 씨앗들이
이름 모를 꽃과 나무를 키워놓은
아름다운 섬을 보고 싶다

도착지도 모른 채
바다 위를 떠돌다
더는 날 수 없을 때
주저앉은 새들의 정착지,
사람의 그림자조차 없었던
조용한 그 섬을 느끼고 싶다

임이라 부르는 이와
난파선 스티로폼에 의지해
죽음의 문턱을 백 번을 넘어
파도에 밀려서라도
그 섬의 청순한 공기를 숨쉬고 싶다

하늘과 바다 그리고 바람이
만 년이나 가꿨을 꽃과 나무 푸른 숲과
신기한 듯 지저귀는 새들과 파도 소리
일렁이는 그곳에 임의 숨소리 들으며
하얗게 늙었으면 좋겠다

새소리, 파도 소리, 임의 목소리
그리고 종종 먼 그곳의 얘기를 싣고 오는
바람의 비릿한 소리 들으며
사랑을 위한 사랑의 하루가
그 섬의 자연이고 싶다

하얀 치아 드러낸 임의 미소를 행복해하며
지구의 끝자락 어디라 해도
천 날을 걷다가 지치면 기어서라도
그 섬으로 가고 싶다

 제목 : 그 섬으로 가고 싶다
시낭송 : 박순애
스마트폰으로 QR 코드를 스캔하면
시낭송을 감상할 수 있습니다

231

현대시와 인물 사전

조선어연구회 발족 100주년 기념

시인 **유영서**

충북 진천 출생, 인천 거주
대한문학세계 시 부문 등단
(사)창작문학예술인협의회 회원
대한문인협회 정회원

시인 서재
바로가기

대한문인협회가 추천하는 현대 시인 선정

■ 목차

■ 저서

제2시집 〈지우는 마음도 푸른 물든다〉
제1시집 〈탐하다 詩를〉

■ 시작 노트 / 프롤로그

꿈이 있으면 이루어진다
늘 가슴에 품고 살았던 시인의 꿈
늦깎이로 그 꿈을 이루었으니
무슨 할 말이 더 있으랴
남은 인생 시처럼 살다가
시처럼 하늘에 들고 싶다.

새벽의 노래 / 유영서

밤새 비 뿌리더니
초록빛 짙다

어둠에 시달린 달이
목간하고 나왔나

뜨락에 핀 수국
정갈하게 앉아있다

간간이 부는 바람
누구의 속내 인가

산에 들지 못한 산비둘기
저 홀로 운다.

마당놀이 / 유영서

모심은 논에
퐁당 개구리 뛰어드네

물장구치며 헤엄치는
물방개 좀 보아

소금쟁이 예수님처럼
물 위를 걸어가네

꽹과리 치며
새들 신명 나게 노래 부르고

들녘 잔치 한 마당에
구름 한 점
너울너울 춤을 추네

이래저래 오월 들녘은
마당 놀이패

생 그거 / 유영서

바람 분다
까불까불 바람 분다

들녘에 춤추는
풀잎을 보아라

생이란
풀잎처럼
바람 타고 노는 어릿광대

지지고 볶고 사는 것도
한때이거늘

길지도 짧지도 않은 인생

세상은
얼쑤 춤추다 가는
신명 놀이 한마당

제목 : 생 그거
시낭송 : 박영애
스마트폰으로 QR 코드를 스캔하면
시낭송을 감상할 수 있습니다

현대시와 인물 사전
조선어연구회 발족 100주년 기념

시인 윤무중

서울 거주
대한문학세계 시 부문 등단
(사)창작문학예술인협의회 회원
대한문인협회 정회원

시인 서재
바로가기

대한문인협회가 추천하는 현대 시인 선정

▪ 목차

▪ 저서

제2시집 〈손길로 빚어 마음에 심다〉
제1시집 〈사랑한 만큼 꽃은 피는가〉

▪ 시작 노트 / 프롤로그

우리는 살아가는데 "사랑하는 마음, 베푸는 마음 그리고 배려 하는 마음"이 있다고 할 것이다.

이는 시를 통하여 포용하여 실천의 마음을 담아서 "詩作"을 하고, 그 최종에 독자의 마음을 파고 들어 의미를 부여하는 것을 기대하고자 한다.

시인이 시를 쓰고 독자는 자신의 생각에 맞추어 해석 하는 것이라면 그 것은 독자의 몫이라 할 것이다.

인간의 가장 기본적인 사랑과 관심을 詩로써 표현하고 사물에 대한 뚜렷한 믿음을 주어 그것으로 하여금 우리에게 시사하는 것들을 하나씩 들추어 의미를 표현하는 것이 내가 시를 쓰는 목적이 된다 할 것이다.

나는 언제나 사물에 대한 느낌과 그 특성을 찾아 그 의미와 모양에서 우리가 가야할 길을 제시하고자 한다.

오월의 시(詩) / 윤무중

바람이 불더니 구름이 흩어지고
추위를 다 하더니
꽃이 피어 어느새 훈풍이 오는 오월,
젊은 시절 지난 시간은 기억일 뿐,
세월의 중턱에서 당신을 만난 곳은
장미가 피는 오월의 언덕이었습니다.

당신은
아름다운 길을 인도한 소중한 존재,
정성스런 손길의 모습이었습니다.

그 날, 그 시간들,
한 획(劃), 한 자(字), 모순을 일깨우고
한 자(字)라도 시(詩)라 함을 알았습니다
그래서
'시는 진실의 그림자'라 하였지요

아직 서툴고 어리석지만
장미가 피는 오월의 언덕은 기쁨이 가득합니다
이 기쁨은 사랑으로 남아
내가 남긴 발자국을 시의 진실로 알고
순수한 시를 만나고 싶습니다.

오월의 시(詩)는
내가 주고받는 마지막 사랑이랍니다.

제목 : 오월의 시
시낭송 : 박영애
스마트폰으로 QR 코드를 스캔하면
시낭송을 감상할 수 있습니다

237

일상의 밀어(密語) / 윤무중

매일 나타나는 밀어는
어떤 길을 밟아 어느 곳에 머물까
어릴 적 놀던 곳이든 낯선 곳이든 상관없으리

변함없는 듯 세월 따라
외로움에 흘러가는 밀어는 모이고 흩어져
파도처럼 밀려오기도 하지

산천은 말 없고 고향은 모두 잠자고
그림자는 온데간데없이
하얗게 나부끼는 억새만
깃을 올리고 있다

밀어들은 쉬지 않아
어디론지 가려 한다,
기다리지 못해
황야를 가로지르는 무법자로
오늘도 떠난다

제목 : 일상의 밀어
시낭송 : 박순애
스마트폰으로 QR 코드를 스캔하면
시낭송을 감상할 수 있습니다

238

당신을 사랑합니다 / 윤무중

며칠간 단비가 내리더니
봄꽃 내음이 살며시 다가오고
햇볕이 집 앞 뜨락에 내리네요
형형색색 꽃이 가지 끝에 필 때
기쁨으로 가슴이 설렙니다.

당신의 아름다운 모습이
어느 때보다 내 안에 머물러
내 삶마저 기쁨에 넘쳐
메마른 여정이 아름답습니다

행복과 함께 걸어온 당신과 나
길을 떠난 뒤 돌아보고 또 보며
시간의 흐름도 모르고 모르니
이젠 여유를 안고 쉬어 갑시다.

아름다운 만남을 뒤로하고
어려움에 지쳐 허둥댄 그 때만은
이제 아름다운 꽃길로 기억되고
우리 함께 새로운 길을 갈 때
당신을 사랑합니다.

제목 : 당신을 사랑합니다
시낭송 : 박영애
스마트폰으로 QR 코드를 스캔하면
시낭송을 감상할 수 있습니다

현대시와 인물 사전

조선어연구회 발족 100주년 기념

시인 은별

전남 영광 출생, 서울 거주
대한문학세계 시 부문 등단
(사)창작문학예술인협의회 회원
대한문인협회 정회원

시인 서재
바로가기

대한문인협회가 추천하는 현대 시인 선정

■ 목차

■ 공저

2020 유화로 보는 명인명시선

■ 시작 노트 / 프롤로그

문학의 길을 걸어오며 많은 것을 배우고 느낍니다. 글 하나로 심장이 뛰던 지난날들도 회상해 봅니다.

삶이란, 참으로 소중하기에 오늘도 최선을 다해 이 삶 속의 희로애락을 맛깔나게 표현하는 시인이 되길 희망합니다. 진솔하고 공감할 수 있는 이야기로 타인의 고독한 여백을 채우는 시인이야말로 사랑받을 자격이 있다고 생각합니다.

나는 아름다운 노래를 하고자 하는 사람입니다. 언제나처럼 늘 그 자리에서 글로써 아름다운 노래를 하는 시인이 되겠습니다.

모두 자유로운 일상 속에서 자신의 꿈을 펼쳐 나갈 수 있기를 소망하며, 더 좋은 날이 오기를 바라봅니다.

엄마의 밥상 / 은별

어슴푸레 저녁이 깃들 무렵
어귀에 들어서면
모락모락 피어오르는 저녁연기
밥 짓는 어머니의 모습이
한없이 애처로워 보인다

두 눈에 눈물이 그렁그렁
어두침침한 부엌에는
까만 연기로 가득 차 흐른다

마술 같은 시간이 흐르고
요술 같이 뚝딱
눈물과 정성으로 만들고
사랑으로 빚어낸
엄마의 만찬을 즐기며
가족들과 호롱불 아래 도란도란
웃음꽃 피우며
정겨웠던 옛 시절이 희미하게 그려진다

사무치게 그리운 부모님
사랑하는 형제들
새록새록 떠오르는
아득한 추억의 기억들이
주마등처럼 스쳐간다

희망의 시를 씁니다 / 은별

하늘과 노을빛이
환상적인
아름다운 저녁 풍경
시간이 흐를수록
더 짙어가는 노을빛 하늘에
시를 씁니다

황금빛 노란 호박꽃이
소박한 담장 위에
끝없이 수를 놓고
칠월의 푸르름 속으로
감성과 삶이 녹아드는
향기로운 공간

거스를 수 없는
숙명 같은 인생
현실의 삶을 지향하며
자연을 닮은
파란 하늘 하얀 구름 위에
희망의 시를 씁니다

마음으로 보는 행복한 삶 / 은별

이 아침, 청아한 새들의
맑은 화음 소리가
나는 참 좋아요

저녁 무렵에
해가 넘어가는 하늘 풍경이
아주 예뻐요

보이지 않는 여백은
상상으로 채워봐요

마음의 중심에서
통찰하는 유영함을
느끼며 보아요

풀꽃 같은 추억들이
소담스럽게 피어 있는
한적한 길을 걸어요

하늘하늘 춤추는
예쁜 꽃무리 속에서
사랑을 보아요

마음으로 보는
행복한 삶은
언제나 부유하고 아름다워라

현대시와 인물 사전
2021
조선어연구회 발족 100주년 기념

시인 **이동백**

청주 거주
대한문학세계 시 부문 등단
(사)창작문학예술인협의회 회원
대한문인협회 대전충청지회 사무국장

시인 서재
바로가기

대한문인협회가 추천하는 현대 시인 선정

■ 목차

■ 저서

시집 〈동백꽃 연가〉

■ 시작 노트 / 프롤로그

중국의 유명한 시인 두보는 '만권의 책을 독파하니
붓을 들면 글이 저절로 써지는구나' 라고 하였다

'나는 더 잘할 수 있는데도 그렇게 하지 않는
사람들을 게으른 사람이라고 생각한다'고 한
소크라 테스의 말이 가슴에 와닿는다

나도 참 게으른 사람인 듯하다
방법을 찾으려고 움직이지는 않으면서 좋은 글을
쓰고 싶은 욕심만 있으니 말이다.

악마의 춤 / 이동백

오감으로도 감지할 수 없는
형체도 없는 것이
영혼을 비틀려는 섬뜩한 춤사위에
덧난 세월 구멍 난 가슴만 탄다.

2020년 짧은 시 짓기 전국 공모전 금상 수상작
주제: 코로나 19

해가 가고 달이 가도 / 이동백

꽃 보면 기쁘고 잔 들면 정답다

꽃 속엔 사랑이 숨어 웃고
마주한 술잔에 어리는 추억은
그대와 어울린 낭만 시절이 그리워
나그네 빈 가슴에 여울이 진다

몸은 늙어도 마음은 청춘인 것을

억새 / 이동백

하얀 꽃을 피우기 위해 억새는
모진 비바람에 허리를 추스르고
햇빛 달빛을 가두며 울었나

예리한 칼날을 세우고도
몸을 눕히며 흔들린 것은
견뎌 내려는 몸부림인 것을

초록 이파리 출렁임보다 근사한
은빛 물결로 생을 마감하려고
질곡의 한 세월 목말라 했나

조선어연구회 발족 100주년 기념

현대시와 인물 사전

시인 **이둘임**

서울 거주
대한문학세계 시 부문 등단
(사)창작문학예술인협의회 회원
대한문인협회 정회원

시인 서재
바로가기

대한문인협회가 추천하는 현대 시인 선정

■ 저서

시집 〈광화문 아리아〉

■ 시작 노트 / 프롤로그

계간지 대한문학세계 2019년 봄호로 등단하였으며 2019년 대한문인협회 한국문학 올해의 시인상, 2020년 시를 사랑하는 전국모임 (시사모) 이달의 작품상, 2021년 동학농민혁명계승사업회 주최 전국 황토현 시 문학상 입선, 2021년 남명 문학상 디카시 부문 우수상, 2021 제8회 대한문인협회 짧은 시 짓기 전국 공모전 등을 수상 하였습니다.

백미러 / 이둘임

봄날이 여름을 앞서 달렸을까
점점 멀어지는
여름을 머리에 이고 달리는 가로수

앞서가던 풍경을 밀어내는 백미러
비포장도로에 뿌연 먼지 속
유년의 시간은 깊숙한 블랙홀로 빨려 들어간다

가만히 있어도 점점 멀어지는 것들
내가 보낸 것도 아닌 흘러가 버렸다

자동차 후방으로 눈 힐끗거리는
현실은 미래로 가야 한다고
고정된 시선은 앞만 바라보라 하는데

잡으러 달려갈 수 없는 떠난 시간
그리움은 타임머신을 타고
거울 속 환영幻影으로 되살아난다

회전문 / 이둘임

우우 하늘이 운다
구름이 잔뜩 웅크린 하늘
새 한 마리 동정을 살피듯 낮게 난다

장마는 남녘에 물 폭탄을 붓고
전선은 북쪽으로 향하다 잠시 멈춘 듯
종일토록 후덥지근한 하루
공기의 흐름이 차단된 회전문 속 같다

턴테이블 위 엘피판 운명처럼
밀어내듯 돌아가야
차례가 주어지는 네 개의 방
지체할 공간 없이 모였다 흩어진다

제 스스로 갇혀 사는 회전문 속
머뭇거리는 계절의 발걸음
아무도 돌아 나오지 않는 발걸음마다
길 없는 길이 길게 이어져 있다

어머니의 손 / 이둘임

새벽마다 합장하며 모으시던 손
바쁜 철이 오면
천 개라도 모자란다고 하셨다

일손이라도 보태겠다고 하면 자식 손 아까우신지
손사래 치셨다

열 손가락 아프지 않은 곳 없다면서도
말없이 달려와 손잡아 주시던 마음

이제는 깃털처럼 가벼운 손
휘어진 손가락 골이 진 어디쯤 남아 있을 애간장 끓이던 나의 흔적

철없는 딸 못 잊어 어머니는 내 열 손가락 마디마디에 따뜻한 체온으
로 살고 있다

현대시와 인물 사전
2021
조선어연구회 발족 100주년 기념

시인 **이만우**

경기도 수원시 거주
대한문학세계 시 부문 등단
(사)창작문학예술인협의회 회원
대한문인협회 경기지회 기획국장

시인 서재
바로가기

대한문인협회가 추천하는 현대 시인 선정

■ 목차

■ 공저

2021 명인명시 특선시인선

■ 시작 노트 / 프롤로그

경기도 산골 마을이었던 양주에서 태어나 어린 시절을 보냈다.

마음껏 친구들과 산과 들에서 뛰어놀던 시절, 가난했던 그 시절은 무엇보다 바꿀 수 없는 소중한 추억이었다.

시골에서 많이 보았던 들꽃이나 야생화들은 친구처럼 지냈던 까닭에 지금도 야생화를 무척 사랑하고 좋아한다.

그 감성이 시로 표현되어 세상 밖으로 외출하게 되었다.

사계절의 모든 고난과 역경을 이겨내는 야생화는 나의 인생과도 같은 느낌이다.

감수성이 예민한 어린 소년처럼 언제나 맑고 깨끗한 마음을 간직하고 그 마음이 영원히 변하지 않았으면 하는 작은 바람이다.

얼음 방울 / 이만우

똑똑 떨어지는 물 한 방울 두 방울
바닥을 차고 뛰어올라 송알송알 모여
수정처럼 곱고 탐스러운 열매 맺었다

나도 맑고 투명한 마음이 되고 싶어
가까이 가서 바라보고 있으니 너는
또 한 겹의 얼음 장벽을 만들고
어디론가 멀리 달아나려고 한다

얼음 탑을 쌓아가는 모습이
마치 석공의 혼이 들어 있는 석탑을
만드는 것처럼 정성스러워 보여서
한 걸음 두 걸음 너의 곁으로 다가갔지

차가운 너의 마음을 포근하게 감싸주니
애써 감추던 마음의 문을 열고 그제야
흘끔흘끔 바라보는 너의 눈빛은
얼어붙은 나의 마음을 사르르 녹여주었다.

목련 / 이만우

뽀얀 속살이 수줍음을 타며
살며시 조심스럽게
세상 밖으로 드러내 놓고 있다.

하얀 꽃그늘 아래서
사랑의 시를 읽고 있으면
모든 것이 나의 것이 된다.

살랑살랑 불어오는
봄바람이 정신을 혼미하게 만들며
세상을 덮어 버린다.

꿈속에서 헤매고 있다가
깨어보니 어느덧 봄은
저만큼 지나가 버렸다.

낮달 / 이만우

무슨 사연이 있기에
파란 하늘에 달님이
얼굴을 내밀고 있다.

소나무와 벚꽃이 달을
맞이하며 사연을 들어주고
함께 보듬어 주고 있다.

외로움을 달래려는지
바람도 함께 사연을
살랑살랑 실어다 주었다.

따듯한 친구들이 달을
위로하며 함께 지내는 모습이
더욱 아름답게 보인다.

제목 : 낮달
시낭송 : 박영애
스마트폰으로 QR 코드를 스캔하면
시낭송을 감상할 수 있습니다

255

현대시와 인물 사전

조선어연구회 발족 100주년 기념

시인 **이민숙**

서울 거주
대한문학세계 시 부문 등단
(사)창작문학예술인협의회 회원
대한문인협회 서울지회 홍보국장

시인 서재
바로가기

대한문인협회가 추천하는 현대 시인 선정

■ 목차

■ 저서

제2시집 〈오선 위를 걷다〉
제1시집 〈힘이 되는 당신이 참 좋습니다〉

■ 시작 노트 / 프롤로그

피아노 렛슨을 하고 있으며 오선 이민숙 밴드 글방을 운영하고 있습니다

한국 가곡 작사가로 활동 하고 있으며 한국문인협회 대한문인협회 정회원으로

활동하고 있습니다

작시 가곡) 안개 꽃 / 눈꽃 사랑

작시 합창곡) "추억의 빗방울", "내 마음에 머문 그대"가 있습니다

제18회 "황진이 문학상", "제9회 매헌 윤봉길 문학상"을 수상하였습니다

눈물 꽃 / 이민숙

내가 울어
꽃이 핀다면
열 번도 울 수 있고

내가 울어
네가 행복해진다면
백번도 울 수 있어

내가 울어
우리 모두 잘사는 길이라면
천 번은 울지 못하랴

네가 웃어 꽃이 피고
네가 평안해 꽃이 핀다면
울지 않고 웃어 피는 꽃으로
온 세상 꽃밭이 되겠네

우리는 무엇이 될까 / 이민숙

바람이 불지 않았다면
어찌 꽃이 필 수 있을까

비가 내리지 않았다면
어찌 무지개가 뜰까

흘러내리는
눈물 같은 촛농 없었다면
어찌 환한 불을 밝힐까

몸을 태워 꿀을 모아 놓고
향기 피워 나비 부르는 꽃잎도
피었던 자리 작은 씨앗을 남기고
꽃의 소임을 다하지 않던가

마음 살라 정 나누고
몸을 녹여 향기 뿌리며

이 땅에 왔을 한 생도
의미 있는 일을 반듯하게 하여
가치 있는 씨앗을 심고
여문 열매 남겨야 되지 않을까

빈틈 / 이민숙

내 마음의 빈틈에
고약한 실금이 가 있으면
천사의 말도 고약하게 들릴 것이고

내 마음이 넉넉하여 평온하면
더러는 불편한 말도
대수롭지 않게 지나갈 것이다

빈틈없이 꽉 찬 사람은
괜스레 숨이 막혀오고
빈틈에서 솔솔 향기를 뿜는 사람은
돌 틈에서 핀 민들레 같아
애잔하게 마음이 간다

사람이 빈틈없이
단단해야 하겠지만
빈틈은 산소가 통하는 숨통이며
헛점이나 허술함이 아니라
좁은 길의 소통이다

현대시와 인물 사전

조선어연구회 발족 100주년 기념

시인 이민호

경기 광명 거주
대한문학세계 시 부문 등단
(사)창작문학예술인협의회 회원
대한문인협회 정회원

시인 서재
바로가기

대한문인협회가 추천하는 현대 시인 선정

■ 목차

■ 공저

대한문인협회 경기지회 동인문집
〈햇살 드는 창〉

■ 시작 노트 / 프롤로그

이중성 짙은 규격화된 삶에서 제 삶은 얼마나 진솔했을까요.

평범함 속에서 사회와 공존하기 수월한 생활 방식과 그저 보편적인 선함을 좇아 살아오진 않았을까요.

어른스럽다는 것이 그저 암묵적으로 개성과 맞바꾼 침묵일까요. 아니면 진정한 성장이었을까요.

저에게 시를 쓴다는 것은

이 모든 물음에 대한 자신의 답을 찾는 여정이 아닐까 싶습니다.

선로 / 이민호

투명하게 서로를 부벼댄다
낡은 선로에 비가 내렸다
표정 없는 하늘이 제 갈 길을 갔다
잊혀진 역사처럼 기차가
왔다 지난 과거처럼 갔다
선로는 그 곳으로 향했다
먼 산의 안개와 같이
절대 닿을 수 없었던 신비
웃음이 멈춘 하늘 아래
내리는 지난날의 노래
자갈을 만지작대던 작은 손은
그 가사를 잊어버렸다
그렇게 다음 역사를 마주쳤다
문득 선로의 궤적을 세어보다
고개를 젓는다
멀리까지 기차가 가나보다
우산을 펼친다
익숙하지 않은 비가 내린다
여기는 출발선이다

모로 누운 섬 / 이민호

해가 지고 먹구름이 자리를 깔았다
오갈 데 없는 한숨이 맥없이 돌아누웠다

빈속으로 일어난 위장은
고독과 잔을 부딪치다
불완전 연소하는 나무처럼
희뿌연 공상을 피워냈다

왠지 모를 서운함인가
비는 사방으로 정색한다
그리고 웃음만 걸러진 듯 여기저기
냉랭한 웅덩이를 만들었다

그것을 부수고 지나가는 침묵
밑으로만 향하는 비와 같이
언어는 언제부터인가
좁은 생각들을 파고들었다

그 곳에 곰팡이가 피어났다
먹은 게 없어 거친 숨을 토해내던 입이
하나둘 그 냄새 나는 것들을 집어삼켰다
참기 힘든 목마름이 발목을 잡는다

이런 갈증
이런 날
우산을 들어 갈 길을 본다
아는 길인데 한편으로 기억이 없다
한숨이 무심하게 뒤척인다

마음의 병 / 이민호

어쩌다 생긴 상처에
문득
안으로 더 안으로
공명하듯 질러댄 고통으로
움츠려 발버둥 치듯 자라난
작은
돌멩이 하나
고작 그거 하나 버리려고
기어이
산 전체를 갈아엎는
염병할 생각

현대시와 인물 사전
조선어연구회 발족 100주년 기념

시인 이상노

충남 당진 거주
대한문학세계 시 부문 등단
(사)창작문학예술인협의회 회원
대한문인협회 정회원

시인 서재
바로가기

대한문인협회가 추천하는 현대 시인 선정

■ 목차

■ 공저

2021 명인명시 특선시인선

■ 시작 노트 / 프롤로그

슬퍼하고, 아파하고
이 세상의 모든 사랑이 힘들었던 지난 세월!
그렇게 힘들었던 사랑이
이제 지천명을 넘어, 고개 숙인 벼 이삭처럼 잘 여물었습니다.
그렇게 잘 여문 사랑이, 이 땅에 다시 태어나 웃으며
사랑을 노래할 수 있다는 것이 큰 행복입니다.
가슴에서 넘어지고, 찢어지고, 피 흘렸던 사랑의 시어
이젠 찬란한 세상으로 두려운 마음 함께 담아 보냅니다.
잘 여문 사랑의 시어들이 예쁜 꽃으로 피어
이 땅의 힘든 모든 이들, 이 땅에 뿌리내린 온갖 미물에게도
아름다운 사랑 향기로 다가가길 바랍니다.
감사합니다.

264

엄마 / 이상노

이 세상에 오직 한 사람
손등만 바라보아도
가슴을 뭉클하게 하는 사람이 있습니다

내게 처음으로 사랑의 젖을 물려준 사람
몸이 아파도 마음 편히 앓아눕지도 못하는 사람
밥 한끼 대충 먹고도 배부르다고 하는 사람
엄마!

험한 세상 넘어질까 항상 가슴을 졸이며
내게 인생을 다 바치신 엄마!

가슴으로만 사시고
가슴으로만 우시는
뼛골이 다 빠지도록 고생하신 엄마!

부지깽이 하나 붙잡고
벼랑 끝에서도 포기할 수 없었던
꽃처녀 그 고왔던 모습은 다 어디 가셨나

그런 엄마에게 못다 한 말
엄마!
사랑합니다.

제목 : 엄마
시낭송 : 박영애
스마트폰으로 QR 코드를 스캔하면
시낭송을 감상할 수 있습니다

멍든 세상 / 이상노

홀딱 벗은 앙상한 나무에 멍든 잎새 하나
스치는 바람 안고 잎새는 떠나간다

가여운 잎새 두 어깨 들썩이며
다시 오지 않을 것처럼 잎새는 떠나가네
멍든 잎새 하나가

이 척박한 세상에서
어찌 멍 하나 없이 살 수 있었겠는가
어찌 멍 하나 없이 버틸 수 있었겠는가

이 척박한 세상에서
멍든 내가 멍든 너를 바라보고
멍든 네가 멍든 나를 위로한다

멍든 세상에
멍든 너
멍든 나

사랑도 멍들고 행복도 멍들어 가는 세상
조용히 겨울비는 내린다
멍든 잎새 포근히 감싸 준다

제목 : 멍든 세상
시낭송 : 박영애
스마트폰으로 QR 코드를 스캔하면
시낭송을 감상할 수 있습니다

266

아내 때문에 울었습니다 / 이상노

아내의 허리를 주무르다 울었습니다.
토실토실하던 허릿살은 다 어디 가고
앙상한 모습에 그만
내 가슴이 울었습니다.

두 아들을 곧게 키워낸
일류의 산처럼 위대했던 아내의 젖가슴이
힘없이 야윈 모습을 보고 애잔하여
내 가슴이 울었습니다.

바다처럼 깊은
아내의 가슴속을 들여다보았습니다.

가슴을 억누르며 내 허물을 다독였던
백옥같이 하얀 가슴이
시커먼 숯검정이 되어 있어
미안한 마음에
내 가슴은 또 뜨겁게 울었습니다.

시곗바늘을 뒤로 돌려볼까 생각도 했습니다.
그러나, 시곗바늘은 너무 많이 돌아가 있었습니다.

그냥, 처음의 마음
처음의 마음으로 돌아가기로 했습니다.

제목 : 아내 때문에 울었습니다
시낭송 : 박영애
스마트폰으로 QR 코드를 스캔하면
시낭송을 감상할 수 있습니다

267

현대시와 인물 사전

조선어연구회 발족 100주년 기념

시인 이세복

군위군 출생, 구미 거주
대한문학세계 시 부문 등단
(사)창작문학예술인협의회 회원
대한문인협회 정회원

시인 서재
바로가기

대한문인협회가 추천하는 현대 시인 선정

■ 목차

■ 공저

2021 명인명시 특선시인선

■ 시작 노트 / 프롤로그

조선어연구회 발족 100주년을 맞아 기념 편찬(현대시와 인물 사전)을 진심으로 축하드립니다. 존경하는 김락호 이사장님과 수고하신 관계자님께 깊이 감사드립니다. 무더운 날씨 속에서 늘 수고와 아낌없는 지지와 사랑을 감사드립니다.

안녕하세요! 저는 시골에서 어머니의 일손을 돕고 詩를 즐기며 삶을 가꾸고 늘 도전의 두려움을 모르는 열정이 가득한 시인입니다.

생활이 어려워 힘든 삶의 지혜를 배웠고 이젠 삶을 글로 꽃으로 승화시키려 꽃씨를 뿌립니다. 독자님에게 따뜻한 사랑으로 조심스럽게 나아갑니다.

늘 부족합니다. 그 부족함을 가꾸고 인고의 땀을 흘리며 한 발짝씩 나아갑니다. 따뜻한 사랑으로 곁에 머무르고 싶습니다. 겸손과 감사와 삶의 미완성을 위해 나는 행복을 꿈꾸며 오늘이 행복합니다.

밤손님 / 이세복

한여름 밤 개굴개굴
초록의 들녘 숲이나 논밭에서
제 짝을 찾는지 구슬프게 울어댄다

시뻘건 태양이
서쪽에서 뉘엿뉘엇 능선 그릴 때쯤
목청을 가다듬었는지 우렁하다

달궈진 대지의 열기는
달빛 우산으로 검은 커튼 드리운 듯
평온한 밤하늘이 사랑스럽다

은하수도 반짝반짝 노래하고
거뭇한 어둠이 거칠세라
불빛 따라 달려든 불나방과 불청객이

피를 갈구하는 흡혈귀처럼
호시탐탐하던 얄미운 앵앵거림은
고단한 손바닥 불나게 한 죗값일까?

"요놈의 자식이 어딜 물어" 하시던
아버지 자식들 사랑은
모기장 안에서 폭죽 터지듯 했다.

찬란한 빛 / 이세복

산모퉁이 굽이돌아
질펀하게 누운 마음의 골짜기를
아름다운 동심으로 비추련다.

꿈도 꿀 수 없던 어둠의 늪
새 생명 얻기 전 전혀 몰랐던 환희
붉게 타오른 숯덩이의 정열을
그땐 알지 못했다

장작개비에 붉은빛이
그렇게 뿜어져 내는 것을
타고 또 타고 숯이 되고 재가 되는
마지막까지 검붉은 속울음

그 속울음으로 내면을 태우고 녹여
한 땀 한 땀 시 한 줄이라는
인고의 시간과 고독을 삼킨 나날들

진통 없는 삶이 어디 있으랴
그 질고 마저 이겨내는 지혜로운 삶
아프고 부서져야 깨닫는 것처럼
글쟁이 길을 꿋꿋이 가리라.

푸른 솔아 / 이세복

산세는 호젓한 기운이 감돌고
바위를 깎아지른듯한 암벽은
옹기종기 병풍을 두른 듯 비경이다

하늘 높은 줄 모르던
푸른 솔은 낙락장송의 고고함에
바람도 구름도 계절 따라 쉬어간다

세월을 인고하며 세상을 바라보며
비바람 눈보라가 몰아쳐도
연붉은 나목은 변함이 없어라

설한에는 눈꽃이 핀 황홀한 자태
운무가 내려앉은 날엔
서리가 내린 듯 시리도록 아름답구나

이산 저산 바람 따라
방랑 시인이 읊은 시는
청산유수요
나그네 그늘에서 허허실실 논한다.

BEST 현대시와 인물 사전

조선어연구회 발족 100주년 기념

시인 **이의자**

부산 거주
대한문학세계 시 부문 등단
(사)창작문학예술인협의회 회원
대한문인협회 정회원

시인 서재
바로가기

대한문인협회가 추천하는 현대 시인 선정

■ 목차

■ 공저

제9기 대한창작문예대학 졸업 작품집
〈가자 詩 심으러〉

■ 시작 노트 / 프롤로그

꿈 많던 소녀 시절 가정환경에 밀려 가고자 하는 그 길
국문학과를 나와 글을 쓰는 글쟁이가 되고
싶었지만 꿈은 한낮 꿈이었을 뿐

삶의 여정 속에서도

가슴속에 꿈틀거리는 뭔가가 중년이 되어서야

현실을 박차고 나와 나의 세계 꿈을 실현한다는 의지
로 이 시각까지 달려온 이 자리

황혼이 질 때면 호화찬란하듯

남은 시간만은 나 자신을 위해 화려한 꿈을

펼쳐 무명일시언정 향기 나는 여류시인이 되고자 합
니다

(시인은 감성으로 마음에 문을 열며 탄탄한 시어의 밭
에 꽃이 피리라.)

272

여름은 잔인한 계절 / 이의자

불볕더위에 지쳐 늘어트린 모습
아련한 마음 금할 길 없는 시각
잔인한 정오가 지날수록
무지의 불볕더위는 가슴을 뚫고

한 줌의 혈연도 지쳐 쓰러지듯
간신히 버티며 서 있는
바람결에 꺾일 듯 휘청거리고
그늘 버팀목에 기대어 의지하는 너

우아했던 너의 자태
어디론가 홀연히 떠나버린 채
시들하고 의욕 감마저 상실한 모습
8월의 잔인함을 어찌 고뇌하지 않으리

불타던 더위도 시들했던 가슴도
가을이란 문턱에 서서히 숨 고르기 하며
잠자든 뇌리를 시원한 가을비로
흠뻑 펌프질하듯 샘솟게 하니
활짝 웃는 너의 모습 참 예쁘라.

고속도로 위의 여정 / 이의자

하염없이 내리는 빗속을 헤치며
줄지어 달리는 자동차
차바퀴 뒤엔 물안개를 내 뿜으며
쭉쭉 뻗은 고속도로 위를 질주하는 무법자
두 팔 다 벌려 마음을 내어준다

길가엔 싱그러운 추록으로 유희히고
스치는 바람결에 흔들리는 맘
노랑 물결 설렘으로 수 놓고
활짝 웃는 해맑은 순수의 환희
뻥 뚫린 가슴 맑은 샘물 흐르듯 흐른다

달리는 인생길 오늘의 기쁨도 슬픔도
모두 바람결에 내어주고
환희에 찬 미소로 가슴에 멍든 애환
하늘도 위로하듯 빗방울로 씻기어 나간다

삶의 무게만큼 억눌렸던 세상
푸른 초원의 울림과
만발한 꽃들의 만찬
달리는 차창 가로 미소 가득 실려 보낸다
나의 인생길이여~

바람의 구름 가듯

벚꽃은 마술쟁이 / 이의자

아우라지 줄 선 백의 꽃
순백의 향음으로 날갯짓하는 꽃이여
실바람 타고 설레는 가슴으로
유혹하는 마술쟁이

푸른 쟁반에 은구슬 구르듯
한잎 두잎 쨍하고 뒹구는 모습
천사의 날개를 단양
바람결 따라 흩어지는 무희

코끝으로 스며드는 향기는
연둣빛 사랑으로 하얀 입술을 포개며
빨주노초파남보를 스케치하니
멍울진 그리움이 날아 사뿐히 내려앉네

봄향기로 다가온 님이시여
그리움으로 살짝이 오소서
사랑과 설렘으로 스며들어
한 송이 꽃이 되고 웃음이 되어준
내 뜰 안에 별이여.

제목 : 벚꽃은 마술쟁이
시낭송 : 박남숙
스마트폰으로 QR 코드를 스캔하면
시낭송을 감상할 수 있습니다

조선어연구회 발족 100주년 기념

시인 이정원

서울 출생, 경기 고양시 거주
대한문학세계 시 부문 등단
(사)창작문학예술인협의회 회원
대한문인협회 정회원

시인 서재
바로가기

대한문인협회가 추천하는 현대 시인 선정

■ 목차

■ 저서

시집 〈삶의 항로〉

■ 시작 노트 / 프롤로그

대한문학세계 시 부문으로 등단한 물리치료사 이정원 시인은 개인시집 삶의 항로 공저 2020 유화로 보는 명인명시선 외 다수의 저서를 출간하였다 대한문인협회와 창작문학예술인협의회에서 추천하는 2021 기대되는 시인 54인에 선정되었으며 대표작인 삶의 항로 시를 주축으로 텃밭 추억, 장맛비에 젖은 그리움, 황금빛 들녘에서, 제야의 종소리 등 낭만적인 작품을 다수 발표했다 창작문학예술인협의회 대한시낭송협회가 선정한 금주의 시와 좋은 시에 선정된 바 있다

삶의 항로 / 이정원

수런거리는 파도가 부서지고
물보라 하얀 꽃이 향연을 펼치니
무수한 생각들이 버선발로 달려온다

숱한 세월 속
이루고자 했던 소망은 수면에서 헤엄치고
냉가슴처럼 얼어붙은 인생은
덩그러니 나뒹구는 조가비 같다

다람쥐 쳇바퀴 돌다 멈춰버린 의욕과
갈림길 없는 미궁에 갇혀버린 미래는
정처 없이 길을 헤맨다

한 줄기 빛 따라 연기처럼 피어날 순 없을까

진실한 나의 삶의 항로
깊은 침묵 속에서도 기도하며
선한 길을 찾아 나선다.

제목 : 삶의 항로
시낭송 : 박영애
스마트폰으로 QR 코드를 스캔하면
시낭송을 감상할 수 있습니다

텃밭 추억 / 이정원

새벽녘의 맑은 공기 마시며
흙내음 물씬한 텃밭을 걷는다

정성스레 가꾼
도톰한 깻잎과 알싸한 고추에
영롱한 이슬이 맺혀있다

하루의 소중함을 느끼며
올곧게 살았던 향기롭던 청춘은
세월의 뒤안길에서 머뭇거리지만

풀잎에 맺혀있는 이슬방울이
아침 햇살에 하늘로 퍼지듯
흘러간 삶 속의 추억도 시공간에 머문다

어느새 이슬은 햇빛에 사그라지고
나의 노고에 보람을 느끼라는 듯
싱그러운 채소들이 빈자리를 채운다

이슬이 없다면 얼마나 삭막할까
말없이 새 희망을 베푸니
인간과 자연은 찬란한 부활을 꿈꾼다.

제목 : 텃밭 추억
시낭송 : 박영애
스마트폰으로 QR 코드를 스캔하면
시낭송을 감상할 수 있습니다

장맛비에 젖은 그리움 / 이정원

밤새 비가 내린다
줄기차게 퍼붓는 굵은 장맛비
수심이 더께 지게도 내린다

비구름의 애달픈 사연인지
야속하게도 할퀴며 멀어져 가고

심상치 않은 먹구름이
어느새 뜨거운 햇볕에 줄행랑치다가
차가운 가슴을 또 젖게 한다

보고 싶은 그대 모습
목 놓으면 뒤돌아볼 듯도 한데
하염없이 심금을 울린다

다 하지 못한 그리움이 있어
저토록 흘리는 눈물인지
애달픈 사랑에 미련이 남은 건지

아무렴, 울지 않는 메아리에
그 누가 외칠 수 있을까마는

그대 향한 이내 마음
거센 빗줄기라도 희망의 햇살처럼
고이 간직하련다.

제목 : 장맛비에 젖은 그리움
시낭송 : 박영애
스마트폰으로 QR 코드를 스캔하면
시낭송을 감상할 수 있습니다

현대시와 인물 사전
조선어연구회 발족 100주년 기념

시인 **이종숙**

경남 하동 출생, 창원 거주
대한문학세계 시 부문 등단
(사)창작문학예술인협의회 회원
대한문인협회 경남지회 총무국장

시인 서재
바로가기

대한문인협회가 추천하는 현대 시인 선정

■ 목차

■ 저서

시집 〈나는 아직도 꿈을 꾸고 있다〉

■ 시작 노트 / 프롤로그

바람에 날려도
앉은 자리가
집이 되는
그런 사람이고 싶다

그냥 보아도

꽃이 되고
웃음이 되고
기쁨이 되는
그런 집이고 싶다

내가 살아가는 동안에
시인의 길이

부재중 / 이종숙

주전자 안에서 상엿소리가 들린다
훠이훠이 울어 우는 소리 시큼한 냄새
싸리문을 타고 골목을 지나
산과 들로 퍼져
비가 되어 산천을 울린다

삼십에 줄을 그은 울음
바닥을 오르락내리락 풀어놓은 삶은
하늘을 날아 타고 오르는 길

미백 되지 않은 피부는 마련 속에서
페이지를 넘기지 못한 채 울타리에 걸려
띠~띠~띠 울어 대지만
지나가던 까마귀 힐끗거리며 기아와
수탈 속의 젊음 끝자락
담벼락 안에 존재했던 기억이 아직도 남아 있는
여러 곳에서 볼 수 없는 실마리 같은 사랑

누군가의 한이 되어 능선에서 보는 눈은
마지막 남은 이성길
낮고 또 낮아 스며든 냄새
한숨의 슬픔이요 교란의 울음
사력의 불꽃은 하늘 끝으로 날아올라
죽어도 살아있는 부재중

제목 : 부재중
시낭송 : 박영애
스마트폰으로 QR 코드를 스캔하면
시낭송을 감상할 수 있습니다

비목 / 이종숙

짧은 시간
엄마의 바다에서 독립한 영혼
먼저 받은 선물은 사랑의 꽃입니다

이웃집 할머니는
오늘 독립된 영혼을 묻고
처을 가는 길
꽃을 뿌리며 걷습니다

꽃으로 왔다가 꽃으로 가는 길
그동안 스며든 진한 향의 흔적들이
속앓이를 하며 몸부림치는 내내
울고 있습니다

절정의 순간 열두 시가 되기도 전
반쪽은 여운만 남기고
숨어든 그 꽃길에 처연하게 서서
손짓하며 부릅니다

횅하니 구름 속에 걸어가는
향기 가득했던 기억들이
많은 이야기를 남기고 순식간에 사라지고
다시 올 수 없는 그 길에
비목으로 향기만 걷고 있습니다

제목 : 비목
시낭송 : 박영애
스마트폰으로 QR 코드를 스캔하면
시낭송을 감상할 수 있습니다

나는 아직도 진행형인 꿈을 꾸고 있다 / 이종숙

가을이 그리움을 깨우는 날엔
단풍나무 한쪽이
오후 한 시에서 졸고 있다

푸르던 젊은 날의 치열한 시간을
야금야금 갉아먹는 뒤편에
듬성듬성 구멍이 뚫리기 시작하면

붉은 노을은 비틀거리며 빈틈 사이
비집고 들어가 비린내를 풍긴다.

도둑맞은 푸른 들판은
등을 내보이며 이랑이랑 청춘의 싹을 덮어 놓고
가난한 외로움은 간을 태운다.

하늘 저편에 나풀거리는
고추잠자리 등에 업힌 실낱같은 꿈이라도 다시 뛰게 할라치면
날름거리는 뱀의 혀끝으로
날개의 깃을 잡는다.

어둠이 빛을 잡아당기는 날이 오면
못다 한 꿈을 한 땀 한 땀 바느질로
새 옷을 만들어 입어보고 싶다

제목 : 나는 아직도 진행형인 꿈을 꾸고 있다
시낭송 : 박영애
스마트폰으로 QR 코드를 스캔하면
시낭송을 감상할 수 있습니다

현대시와 인물 사전

조선어연구회 발족 100주년 기념

시인 **임숙희**

경기 부천 거주
대한문학세계 시 부문 등단
(사)창작문학예술인협의회 회원
대한문인협회 경기지회 지회장

시인 서재
바로가기

대한문인협회가 추천하는 현대 시인 선정

■ 목차

■ 저서

제2시집 〈향기로운 마음〉
제1시집 〈가끔은 그렇게 살고 싶다〉

■ 시작 노트 / 프롤로그

2013년 대한문학세계 시 부문으로 등단하여 시인, 시
낭송가로 활동하며 2017년 한국문화 예술인 대상외
다수의 문학상을 수상하였다.

시집 『가끔은 그렇게 살고 싶다』 『향기로운 마음』 두
권의 시집을 출간하였으며 시를 꿈꾸다 문학 밴드를
운영하고 동인 시집 『시를 꿈꾸다 1, 2, 3집』을 출간
하였다. 또한, 대한문인협회 경기지회 회장직을 맡아
동인 문집 『달빛 드는 창』을 출간하였으며 여러 문인
협회, 문학회 등 다수의 공동 작품집이 있다. 시 낭송
가로도 활동하며 언제 어디서나 편안하고 다양한 시
를 감상할 수 있도록 "가인의 시 낭송 유튜브 채널"을
만들어 독자에게 시를 소개하고 있다. 일상에서 느끼
는 소소한 감성을 시로 표현하고 누군가의 가슴에 따
뜻한 위안이 되고 행복이 되었으면 하는 마음으로 시
를 쓰고 있다.

휴식 같은 하루 / 임숙희

살랑살랑 바람의 손짓에
커피 한 잔 곁에 두고 창가에 앉아
꽃구름 피어나는 파란 하늘을 봅니다

부담스러워 피하고 싶었던
뜨겁게 쏟아지는 태양의 눈빛이
부드럽게 온 세상을 비추고 있습니다

참 좋습니다
햇살
바람
그리고, 풀잎의 미소

참 행복합니다
이 모든 것을 볼 수 있고
이 모든 것을 느낄 수 있고
이 모든 것을 가슴으로 만질 수 있으니
나는 행복한 사람입니다

참 고맙습니다
커피 한 잔에 삶의 향기를
듬뿍 타서 마시는 휴식 같은 하루를
맛볼 수 있는 오늘이.

따뜻한 커피 한 잔 / 임숙희

마음 열어놓고
이런저런 사는 이야기 나누고 싶은
사람이 그리워지는 날이 있습니다

연락 없이 찾아가도
환한 얼굴로 반겨주는
사람이 그리워지는 날이 있습니다

향기로운 커피 향 가득 담고
흘러나오는 음악을
말없이 함께 듣고 있어도 좋을
사람이 그리워지는 날이 있습니다

괜스레
가슴을 파고드는 쓸쓸한 마음
따뜻한 커피 한 잔 나눌 사람이 그리워
전화기를 만지작거려보아도
그 누구에게도 머물지 않는 마음

손끝을 타고 가슴으로 퍼지는
따뜻한 커피 한 잔에
공허한 마음 살포시 놓아봅니다.

제목 : 따뜻한 커피 한 잔
시낭송 : 임숙희
스마트폰으로 QR 코드를 스캔하면
시낭송을 감상할 수 있습니다

286

가끔은 그렇게 살고 싶다 / 임숙희

고운 햇살 살포시 뿌려놓은
은빛 물결 잔잔히 흐르는
호수와 같은 마음으로

바람. 햇살. 공기
자연의 숨소리를 가슴으로 느끼며
내가 나인 시간을 누려본 적이
있었는지 아련하다

찰나의 인생을 살기 위해
반복되는 일상을 벗어나
가끔은
시계 초침 쉼 없이 돌아가는 인생길에
들꽃 향기 은은하게 피워놓고
한편의 아름다운 시를 쓰고 싶다

바람결에 실려 오는 풀잎의 노래
나풀나풀 춤을 추는 나비와 같이
싱그러운 초록 미소 여울지는
맑은 하늘을 우러러보며
가끔은 그렇게 살고 싶다.

현대시와 인물 사전
조선어연구회 발족 100주년 기념

시인 임재화

대전 거주
대한문학세계 시 부문 등단
(사)창작문학예술인협의회 회원
대한문인협회 저작권옹호위원회 위원장

시인 서재
바로가기

대한문인협회가 추천하는 현대 시인 선정

■ 목차

■ 저서

제2시집 〈들국화 연가〉
제1시집 〈대숲에서〉

■ 시작 노트 / 프롤로그

언제나 시(詩)를 지을 때마다 스스로 부족함을 느낍니다.

늘 마음이 맑아진 상태에서 정성을 다해 맑은 향기나는 시를 지을 수 있기를 시인은 간절히 소망하고 있습니다.

우리네 평범한 사람들의 일상이 늘 버거운 삶이라 할지라도 맑고 고운 시의 인연이 닿아, 독자들의 마음 밭에 싹을 틔워서 마음만큼은 늘 맑고 고운 향기 전해질 수 있도록 기원합니다.

대숲에서 / 임재화

대숲에 바람이 찾아와
변함없는 절개를 시험하고
솔숲에는 청정한 마음이
자리 잡고 있습니다.

하얀 돌 틈 사이로
졸졸 흐르는 시냇물을 바라보며
이마에 흐르는 땀을 식히고 있노라면

어느덧 버거운 삶에 지친 영혼을 추스르고
또다시 힘차게 도전할 수 있는
용기가 샘솟습니다.

언제나 푸른 대숲에는
늘 여유로운 정과 마음이 있고
살랑살랑 부는 바람에
댓가지가 조용히 흔들립니다.

조막만 한 참새들의 보금자리는
언제나 대숲을 정겹게 만들고
늘 푸른 색깔은 이웃한 솔숲과 화합하여
버거운 삶에 지친 마음에도
빙그레 웃음 찾아들게 한답니다.

제목 : 대숲에서
시낭송 : 박영애
스마트폰으로 QR 코드를 스캔하면
시낭송을 감상할 수 있습니다

들국화 연가 / 임재화

먼 산자락 저만치서
휘하고 달려오는 가을바람이
살며시 나뭇잎 어루만질 때

이제 떠나도 여한이 없는
빛 고운 단풍 잎사귀
서늘한 바람 앞에 몸을 맡기고

하나둘 낙엽 되어서 떨어져
맑게 흐르는 계곡물 벗 삼아
정처 없이 두둥실 떠나갑니다.

저만치서 달려오는
소슬한 가을바람이 살그머니
들국화꽃을 스쳐 지날 때

차츰 깊어가는 가을날
온 누리에 그윽한
들국화 꽃향기 가득합니다.

운문사 / 임재화

안개 자욱한 대가람
호거산 운문사
아름드리 전나무도
잠에 취해 있다.

너른 법당 뜨락은
먼지 하나도 없이
너무나 정갈하다.

자락 내리며
가만히 어깨를 누르는 안개비 속에
운문사는
조용히 참선에 들었다.

*운문사 : 경북 청도군에 있는 큰 사찰(대가람)의 이름

현대시와 인물 사전

조선어연구회 발족 100주년 기념

시인 임판석

경남 진해 거주
대한문학세계 시 부문 등단
(사)창작문학예술인협의회 회원
대한문인협회 정회원

시인 서재
바로가기

대한문인협회가 추천하는 현대 시인 선정

■ 목차

■ 공저

2019 명인명시 특선시인선

■ 시작 노트 / 프롤로그

갈피에 눕혀 살아온 문학 소년이 예술 안에 머물며 숨어 있다

고목을 허물어 옹이의 어둠 안에 한 덩이 상처를 숨기고 인생의 새벽길을 뚫고 향한 하얀 원고지에 별의 이슬 반짝임에 젖어 자연을 이야기하고 삶을 노래한다.

자화상은 인생 고개 넘어 먼 길에서 시를 줍는 노숙자의 의지할 곳은 오직 세월 속이며 오지랖에 묻어 두고 살아간다.

네가 그립다 / 임판석

세상에 들어선 세월 길에
인생 한바탕
삶을 끌고 간
거기 있었던 네가 그립다

주마등에 묻혀
잊히지 않고 고스란히 전해진
기억 더듬은 추억
거기 맴도는 네가 그립다

자신의 존재에
단 한 번 마주친 길 하나
동심에 천방지축 아이
거기 디뎌간 네가 그립다

책보에 맨 빈 도시락
집으로 뛰어갈 때
쇠젓가락 땡그랑 딸랑
거기 지나간 네가 그립다

잃어버린 송두리째 빼앗긴
젊은 청춘 뒤돌아보니
쏜살같이 흘러간 날
거기 스쳐간 네가 그립다

비우고 놓을
침묵하는 미래의 베일
희비와 의안을 덮어 품은
거기 숨겨진 네가 더욱 그립다.

제목 : 네가 그립다
시낭송 : 박영애
스마트폰으로 QR 코드를 스캔하면
시낭송을 감상할 수 있습니다

293

빈 소원 / 임판석

안락한 섭리의 윤회에
관계가 조화된
평화로움 품은 서정의 느낌 자아낸다

섬세한 본질
생명력에 깃을 세우고
험상궂은 흐릿한
허부를 쫓아 거리를 나선다

소태맛에 허덕인
현실 도피에 쫓겨 살듯 멀리하지만
삶이란 주제에 얻어맞고야
일심을 떠받는다

휘휘 감돌아 쪼아 드는 세월에
모색은 희어가도
덧칠에 앙금의 마음은 붉은색이다

자신의 몸부림에
감정을 연륜에다 억누르고 죽은 듯
머리 숙여 숨죽인다.

엎드려 바랜 것은
오직
건강한 몸 소유한
빈 소원 하나뿐이다.

허물 / 임판석

빈 허울 한 올 껍질 둘려 감싼
어둠에 갇힌 존재 가둬진 낡은 틀
미로를 헤매다 동녘 빛에 깨어난다

과거는 잠들어 누워 있고
현재는 일어나 있지만
번민에 갈등은
삭막한 미래 속에 갇혀 있다.

스쳐 간 현실 속에
채울 수 없고 품을 수 없는
궁핍한 가난의 쉼표에 사무침 돋는다

안식에 귀의한
온순에 순한 양
살 한 벌에 비늘을 벗고
감추진 아린 상처는
이제 허물을 벗는다

현대시와 인물 사전

조선어연구회 발족 100주년 기념

시인 **장금자**

충남 출생, 경기 고양 거주
대한문학세계 시 부문 등단
(사)창작문학예술인협의회 회원
대한문인협회 정회원

시인 서재
바로가기

대한문인협회가 추천하는 현대 시인 선정

▪ 목차

▪ 공저

대한문인협회 경기지회 동인문집 제2집
〈달빛 드는 창〉

▪ 시작 노트 / 프롤로그

시는 세상에 나를 소개하는 일이며 내가 살아 있음을
그 누군가에게 알리는 일을 대신해준다.

시는 내 삶에서 사랑과 행복을 주고 나는 또 누군가에
게 그 사랑을 전하는 일이다.

시는 지난 나를 돌아보게 하고 얼마 남지 않은 인생에
희망과 꿈을 이루게 하는 힘이다.

그리움의 단상 / 장금자

봄날 따사로운 햇살 맞으며
길을 걷다 보니
어디선가 들려오는 풍경 소리에
불현듯 옛고향이 떠오른다

돌담에 기대어 올려다보는
파란 하늘에 붉어지는 눈시울
먼 산 그림자에 정지된 눈동자
아련한 추억이 조롱조롱 매달린다

하늘 소풍 가신 부모님 몇 해던가
조여오는 가슴을 부여잡고
목메게 불러보는 어머니

햇살을 아버지 품속처럼
포근하게 느끼고
대한 문학의 희망 사랑
아파도 행복에 젖어 사르르
미소짓게 한다.

제목 : 그리움의 단상
시낭송 : 조한직
스마트폰으로 QR 코드를 스캔하면
시낭송을 감상할 수 있습니다

내 마음 나도 몰라 / 장금자

인연이 아닌 줄 알면서도
얼굴만 봐도 가슴 콩닥거리고
안 보면 숨 막혀 죽을 것 같이 좋은데
그냥 체념해야 하나요

까치발로 두 팔 힘껏 뻗어도
까마득히 먼 곳에서 인자한 그 미소가
너무 멋지고 자주 보면
닳아질 것 같은데 어찌해야 할까

비록
내 마음이 콕 찍은 점일지라도
이 한 몸 감출 길조차 없고
그림자가 없는 신 같은 유일한 분
그 무엇으로도 진정이 안 되네요

설렘으로 충만한 애타는 가슴앓이
어디에 하소연도 말도 못 하고
세월만 흘려보내야 하는
이 안타까운 마음 어떡하면 좋을까?

제목 : 내 마음 나도 몰라
시낭송 : 박순애
스마트폰으로 QR 코드를 스캔하면
시낭송을 감상할 수 있습니다

298

내 마음 같은 비 / 장금자

흔들리는 내 마음 붙잡으려
창가에 앉아 빗방울을 쳐다본다
내 눈에 흐르는 눈물방울 같다

창에 사랑이라 쓰면 멈출까 싶어
쓰고 또 써보지만 그리움만 쌓인 채
비는 멈추지 않고 하염없이 흐른다

허공에 시선을 둬보지만
흐느끼는 폭우는 홀로된 여정일까
진정한 사랑을 찾는 일편단심일까

인생사 좋은 인연의 연결 고리도
지나친 시기 질투에 인연이 끊긴다는
진리가 뇌리에 비처럼 흐른다

수렁에 빠진 발을 씻고 또 씻어
그 자국마저 지울 수 있을까마는
멋모르고 빠진 늪이 되어 버렸다.

조선어연구회 발족 100주년 기념

시인 **장선희**

서울 거주
대한문학세계 시, 소설 부문 등단
(사)창작문학예술인협의회 회원
대한문인협회 서울지회 총무국장

시인 서재
바로가기

■ 목차

■ 저서

시집 〈꿈의 바다〉

■ 시작 노트 / 프롤로그

나에게 가을이 왔습니다

파란 하늘 뭉게구름 보며
추억을 묶어 놓고 길을 떠납니다

온통 카메라에 잡히는 계절의
가을 정취가 아름답고 경이롭습니다

나도 가을을 닮은
여류시인이 되고 싶습니다.

꿈의 바다 / 장선희

언제나 노래하는 희망의 꿈이 있어요
눈감으면 바다의 품속에서 힘찬 파도를 만났지요

수평선 너머의 미래를 내다보며
현실에 부딪히는 강렬함을 발견했어요

모두 떠나고 너와 단둘이 만났을 땐 평화가 오고
바다는 깊은 나의 마음을 읽어주었지요

넓고 넓은 물줄기 따라 가보고 싶은 마음에
밤새 헤매 보아도 끝이 없어요

맑은 물 한 모금 떠올려 행복을 느껴보며
이 순간의 영혼까지 씻기는 깊이가 느껴지고
꿈의 바다는 언제나 행복한 미래를 주어요.

제목 : 꿈의 바다
시낭송 : 박영애
스마트폰으로 QR 코드를 스캔하면
시낭송을 감상할 수 있습니다

잊지 못할 내 고향 / 장선희

고향에 가면 내가 밟은 자리
잊지 못해 고개 돌리지 못하고
잃어버린 한 곳만 바라본다

꼬불꼬불 비탈길 사라진 자리
대로변 달리며 사방을 살피고
어린 시절 삶의 현장에 빠져든다

봄이면 산나물 향에 취하고
여름이면 졸졸거리는 시냇물 소리
가을이면 황금 들녘 참새 쫓던 시절
두뇌 속 총총 박혀있다

꿈에도 잊지 못할 내 고향
해마다 변해가는 모습 살피며
내 마음도 변하고 싶지만
한 장의 수채화로 남긴 채
이대로 영원히 멈춰버렸다.

세상이 얼마나 좋은 것을 / 장선희

세월의 순리는
힘들 때 야속함이 있지만
살아가는 체험을 하며
지혜와 용기를 가지는
성숙한 삶이 된다

이론보다 실상이 더 깊어서
자연의 이치를 알게 되어
나 또한 확신을 가지고
감사함의 행복이다

뼈저리게 힘겹던 시절
생사를 실감한 후에야
이해하는 인간인 것을
세월이 가고 참뜻을 알면서도
자신의 이익 먼저 챙긴다

이제라도 알게 된 것은
무엇 하나라도 소중한 세상
나의 행복이라고 외치는
세상이 얼마나 좋은 것을.

현대시와 인물 사전

조선어연구회 발족 100주년 기념

시인 **장용순**

서울 거주
대한문학세계 시 부문 등단
(사)창작문학예술인협의회 회원
대한문인협회 서울지회 기획국장

시인 서재
바로가기

대한문인협회가 추천하는 현대 시인 선정

■ 목차

■ 공저

대한문인협회 서울지회 동인문집
〈들꽃처럼〉 제4집

■ 시작 노트 / 프롤로그

할 말이 많지만 참으며 삽니다

마음속에 있는 말 다 털어 낸다면

누구는 좋아하고 누구는 싫어하겠지요

그러나 우리 마음에

옳은 것은 있습니다

언제나 옳은 것은

아침에 해가 뜨는 일

냇물이 바다로 흐르는 일

우리 마음에 예쁜 꽃을 피우는 일.

따뜻한 손이 되어 / 장용순

그대의
차가운 손을 잡고
내 손이 따뜻한 걸 알았습니다

따듯한 손길 주지 못하고
지금껏 살았다는 것

그대의 손이
따뜻해지는 것을 느끼며
내 삶도 뜨거워집니다

인간은 외롭기에
함께 손을 잡아야
서로 사랑하는 것

삶이 외로워지면
그대의 차가운 손을 생각합니다

누군가 차가운 내 손을 잡아 줄 것을
믿으며 살아갑니다

사랑할 때는 모든 것이 아름답다 / 장용순

사랑할 때는
모든 것이 아름답다
부드러운 바람과
따스한 햇살
멋진 날갯짓의 나비들
잉잉거리는 부지런한 벌들
한낮의 더위와
폭풍우가 지난 후에
예쁜 꽃을 피우든지
시들어 버리든지
좋은 열매를 맺든지
떨어져 버리든지
사랑하는 동안
모든 것은 아름답다.

이별 연습 / 장용순

오늘 잠을 자다가
내일 일어날 수 있을까

떨어진 노란 은행잎들이
내년에도 다시 피어날 수 있을까

너를 향한 나의 사랑을
죽는 날까지 간직할 수 있을까

온갖 상념으로 헤매다
잠을 설치고 일어나

차가워진 냉기가
주위를 맴돌고 있는 지금

나는 어제의 나와
이별 연습을 한다

현대시와 인물 사전
조선어연구회 발족 100주년 기념

시인 **장화순**

대전 거주
대한문학세계 시 부문 등단
(사)창작문학예술인협의회 회원
대한문인협회 대전충청지회 기획국장

시인 서재
바로가기

대한문인협회가 추천하는 현대 시인 선정

▪ 목차

▪ 저서

시집 〈무채색의 공간〉

▪ 시작 노트 / 프롤로그

좋은 글이 어떤 것인지는 잘 모르나

마음에서 피어나는 생각들과

사물의 비틀어지면서도 아름다운 모습에서 삶의 한 단면을 보며 써보는 시와 언어들

그래서 조금은 부끄럽기도 한 글들

그러나 함께 할 수 있다는 것에 무한한 자부심을 가져봅니다

무채색의 공간 / 장화순

와르르 무너진다. 탑이
주춧돌 없이 쌓아 올린 화려한 모래성
밀물을 머금은 성은 소리도 내지 못한 채 사라지고
그만큼의 빈터를 만들어주었다

세월 풍상은 이마에 굵은 동아줄 하나 만들고
동아줄은 마음속에 작은 터 하나 만들어.
내 영혼이 지치고 힘들 때 노크 없이 들어가
나를 뉘고 멍청한 눈을 가져본다

삶의 한 귀퉁이 작은 나만의 빈터 그 빈터를
하얗게 남겨 두었다
만리향 꽃 하나 심어 향 고운 날 시어 한 줄 얹어
바람의 날개에 실어 훨훨 날려 보낸다

그리고 또 하나의 빈터를 만든다.

제목 : 무채색의 공간
시낭송 : 김락호
스마트폰으로 QR 코드를 스캔하면
시낭송을 감상할 수 있습니다

비손 여인 / 장화순

기름 먹은 횃불처럼 밝지 않지만
작은 희망은 꿈을 품고
칠흑 같은 밤을 하얗게 태운
어머니 소원이 촛불에 타오른다.

기다림이 별빛 등대에 스며든다.

말갛게 흐르는 여인의 사랑
빌고 비는 손끝에 타들어
망부석 냉가슴에 불을 지핀다.

가슴팍이 푹 파이도록 뜨겁게 저를 태워
흥건히 고인 뜨거운 눈물 쏟아낼 때
아픈 사랑도 함께 토해내고
여인은 흔들리며 또 비손이 된다.

제목 : 비손 여인
시낭송 : 박영애
스마트폰으로 QR 코드를 스캔하면
시낭송을 감상할 수 있습니다

310

하얀 숲의 영혼 / 장화순

그곳 골짝에 하얀 눈 소복이 쌓여 있고
쌓인 눈 위로 높고 높게 솟아
해맑은 영혼으로 말갛게 미소 지으며
꼭 안아 달라 하는 것 같아 포근히 안아 주었습니다

살갗에 스치는 바람결 느끼지 못하는데
자작나무 얇은 그 껍질 명주실처럼 살랑거려
그곳에서 명주 베틀에 앉아있는
한 여인을 보았습니다.

봄 햇살처럼 따듯하고 온유했던 그 사람의 숨결
하얀 영혼 뒤에 숨어 나를 부르고
나는 어느새 그에게 다가가
그의 품에 안겨 있었습니다.

설렘으로 뛰는 심장 살며시 그 숨결에 포개어 얹으니
얼음장 같던 마음 사르르 녹아내리고
깊은 곳에서 뱉어지는 한마디
그리웠고 보고 싶었습니다.

제목 : 하얀 숲의 영혼
시낭송 : 장화순
스마트폰으로 QR 코드를 스캔하면
시낭송을 감상할 수 있습니다

현대시와 인물 사전

조선어연구회 발족 100주년 기념

시인 전경자

경기 화성 거주
대한문학세계 시 부문 등단
(사)창작문학예술인협의회 회원
대한문인협회 경기지회 총무국장

시인 서재
바로가기

대한문인협회가 추천하는 현대 시인 선정

■ 목차

■ 저서

시집 〈꿈꾸는 DNA〉

■ 시작 노트 / 프롤로그

도전한다는 건 쉽지 않은 모습이었다. 시작은 엄두도 못 내고 해보지도 않고 꿈을 접어두었던 지난날의 파랑새 꿈많았던 난, 이제 주문을 걸고

시작이 반이라고 할 때 남겨진 절반의 꿈.

꿈은 이루어진다는 기적이 꿈은 현실이 된다는 이야기를 웃으면서 할 수 있기에...

인생의 꽃 같은 날에 잡초처럼 자리를 잡은 정원에 꽃처럼 피어난 장미는 아니지만. 이제야

꽃향기를 피워본다.

사랑의 우체통 / 전경자

허전한 마음 깊은 곳에
빨간 우체통 하나
간절하게 그대의 소식을 기다리고 있는
빛바랜 빨간 우체통

말없이 오늘도 어제처럼
비가 오나 눈이 오나
곱게 접은 사연을 기다린다

분홍 봄날엔 꽃이 피는 길가에서
비지땀 흘리는 여름엔
초록 풀 파도 속에 가득 담은 그대는
이 거리에서 멈추었다

코스모스가 누군가를 설레게 하고
고추잠자리 춤추는 가을날에
사랑하자던 그대는
지금 어디로 가야 만날 수 있을까?

제목 : 사랑의 우체통
시낭송 : 박영애
스마트폰으로 QR 코드를 스캔하면
시낭송을 감상할 수 있습니다

외할머니의 여름방학 / 전경자

실고추처럼 가는 초승달 아래
별들이 졸린 눈을 비비는
밤하늘

정다운 외할머니의 옛이야기 보따리는
엄마 어릴 적 이야기로
밤하늘을 수놓는다

달그락달그락
할머니의 입김 돌담 틈새를
비집고 들어온 솔바람

머리카락 사이로
할머니의 거친 손이 토닥토닥
북극성을 재우고

어둠을 돌돌 말아
새우잠을 청하는 이 밤에
배고픈 초승달도 함께 잠들어 간다

제목 : 외할머니의 여름방학
시낭송 : 박영애
스마트폰으로 QR 코드를 스캔하면
시낭송을 감상할 수 있습니다

차 한 잔에 내 마음을 담고 / 전경자

오늘도
따뜻한 차 한 잔에 마음을 담는다

내 삶에는 그동안
너무나 인색했었네

지나간 날들은 괜찮아
그래도 그동안 아파했던 마음
조금 쉬어가면 돼

쓰디쓴 커피 한 잔에
나를 찾았다

현대시와 인물 사전
조선어연구회 발족 100주년 기념
시인 **전남혁**

전북 변산 거주
대한문학세계 시 부문 등단
(사)창작문학예술인협의회 회원
대한문인협회 정회원

시인 서재
바로가기

대한문인협회가 추천하는 현대 시인 선정

■ 목차

■ 저서

시집 〈바람과 구름과 시냇물의 노래〉

■ 시작 노트 / 프롤로그

제게 없던 것을 힘에 부치니까 흉내 내거나
새롭게 피땀으로 찍어 쓰는 지난한 詩作의
노동은 막힌 게 뚫리면 환희에 젖고
막히면 실망과 좌절의 연속이기도 합니다
양심에 채찍을 맞는 대로 쓰고 기뻐서 웃고
슬프면 우는 대로, 깨닫는 대로, 뇌와 손끝으로
품팔면서
나의, 나만의, 나를 찾아가며 정진하고 새 기준을
만들며 나에 젖고 말려 보기도 하렵니다
글 잘 써도 배곯기 싫은, 못 써 배곯아도
만족하는 기본을 배우며 당대가 지나
먼 훗날 족적으로 남아 있는 공룡의 발자국을
닮기를 소망합니다

그대여! 나를 어여삐 살피소서.

연정 비껴가기 / 전남혁

여러 번
달리 바람이 불어온 것도 아니야
말만 하면 맞장구치네
누구나 할 수 있는 이야기에
자못 해맑은 웃음소리
그게 말이야
백자 접시에 잔콩 떨구는 낭랑함

종종,
연으로 이어져 다소니 될 여분은
이성의 그릇에 담아 두고
적금 붓던 시간이었어

만약에 고백한다면
또 하나 사랑 연습이네
너 모르게 비켜서기만

가는 봄날 아껴본 사랑 해봤으니
가을 오면 그 마음 적금 타서
너에게 돌려줄게
아프니까 비껴 서서

단풍 미인 / 전남혁

내장산과
더불어 여느 산 단풍은
가을 풍치가 아니라고 말할 수 있겠어요

단풍미인이라뇨

그렇게 물든 날
천지에 색은 열정의 순 붉음이라
달의 계수나무도 단풍이 들었을까 봐
연지 볼 수줍음에 빛깔 더 곱고,

샛노란 가엾음은
가을이 저문 날 겨울에 드릴
노란 손수건인 걸

허방지방 미쳐버린 어두운 갈색도
미인에겐 눈두덩의 색조가 되고,

뽀얀 몸을 위해 홍화 꽃잎을
욕조에 띄운 자아도취의 시간에도
단풍에 얼큰한 그녀는

소국 향의 다색 꽃잎을 떼어
욕탕 물에 덧 띄워 백옥 몸을 씻은 후
가을이 붓질한 색조가 여인을 입히고
단풍 미인이 되니 눈이 설레네

드물게 오시는 어머니 / 전남혁

한량 한 남자와
가지 많은 나무에 평생을
뒤치다꺼리 시다
제주도 한번 가보지 못한 체
마지막 보상은 장이 썩어가시데요

어쩌다 몽환 중에는
하얀 저고리 검정 비로드 치마가
바람 없이 서 계시고
엷은 미소 지으실 때
뻗은 손이 닿지 않는 것은
명절 때에만 아는 척했던 나

당신께서 이승 떠난 지 스무 해
까마득히 잊고 있었던 영원한
불효자 막둥이는 염치없어
속앓이 눈물입니다

오늘 낮에
하얀색을 가진 꽃들이 흔들리며
그 꽃들이 바람에게 묻습니다

'왜 흔드시나요.'

현대시와 인물 사전
조선어연구회 발족 100주년 기념

시인 **전병일**

전북 무주 출생, 전주 거주
대한문학세계 시 부문 등단
(사)창작문학예술인협의회 회원
대한문인협회 정회원

시인 서재
바로가기

대한문인협회가 추천하는 현대 시인 선정

■ 목차

■ 저서

시집 〈거꾸로 사는 세상이 편하다〉

■ 시작 노트 / 프롤로그

인생의 터닝포인트(turning point)

이제 시작이다

지난날 허겁지겁 아웅다웅한 세월

미지의 머나먼 발치에 묻어두고

인생후반

대자연과 공존하는 삶 속에서

펼쳐지는 스토리 길(story road)

그 길을 걷고 싶다.

천년의 꿈 / 전병일

우리 하늘 아래 최고봉
비도 바람도 쉬어가는 백록담은
메마른 젖가슴 보여주기 싫은 듯
하루에도 열두 번씩
가슴을 열었다 가렸다 한다

정상 주변의 식생들
혹독한 추위와 비바람에
상흔으로 얼룩진 억겁의 세월 속
반쯤 넘어진 채 백골이 되었다

사후(死後)
극락 세상에 가 보지도 못하고
쓰라린 고통을 떠안은 체
또 한 세기를 살아간다

백골 사이 새 생명
유구한 세월 배운 학습으로
날개 꺾인 새처럼
낮은 포복으로 꼭 움추린 채
천년의 꿈을 꾸면서 살아간다.

이랑과 고랑 / 전병일

산야는 연초록으로 분칠하고
꾸물꾸물 춤추는 아지랑이
들판은 형형색색이다

초보 농군 온 힘을 다해
이랑 쌓고 고랑을 퇴써
새 식구들일 채비를 한다

이웃집 꽃 잔디가
두 눈 시리게 유혹하지만
이랑과 고랑이 발목을 잡는다

굽힌 허리 펼 시간도 없이
양손이 쟁기날 되어 가다 보니
이랑 시작 고랑 끝이다

해는 서산마루 넘어가고
이랑은 새 옷 입고 잠들어
동거할 가족을 기다린다.

기대와 희망 / 전병일

역병으로 움추린 지난 세월
일 회귀년이 지났는데
예측 불가한 미지의 삶
창살 없는 속박 생활이다

공장 굴뚝 연기는
깊은 동면에 들어갔고
행동반경도 감시받아
대면도 울타리 쳐버렸다

질곡의 일상이 되어버려
삶의 질은 피폐해지고
가슴 속 답답한 응어리
토해내기 조차 힘이 든다

기대와 희망의 백신
모두가 애타는 마음
한 알의 밀알이 되어
웃음꽃 피었으면 좋겠다.

현대시와 인물 사전
조선어연구회 발족 100주년 기념

시인 전선희

경기 용인 거주
대한문학세계 시 부문 등단
(사)창작문학예술인협의회 회원
대한문인협회 홍보국장

시인 서재
바로가기

대한문인협회가 추천하는 현대 시인 선정

■ 목차

■ 저서

시집 〈희망풍경〉

■ 시작 노트 / 프롤로그

진솔한 삶의 향기를 담아내며
일상에서 가슴 가득 느꼈던 일들
열정적인 삶을 살아가면서
잔잔한 감동으로 다가오는 풍경들

살아있어서 느낄 수 있는
모든 것들을 보며
누군가에게는 희망을 주는
마음의 글을 담고 싶다

책 속에 담긴 세상을
온 마음을 다해
아름다운 세상이 되길 소망하며
희망풍경을 그린다

희망풍경 / 전선희

인생이라는 장벽 속에
길을 밝혀주는 작은 별빛처럼
오늘도 어둠의 길고 긴 밤은
새벽을 기다립니다

세상이라는 무대에
밝아오는 여명처럼
어둠 속에서 빛을 발하듯
나에게는 그대 사랑만이 희망의 빛입니다

내일을 꿈꾸는 대지에
북적거리는 삶의 이야기 속에
인생의 꿈을 찾아준 씨앗처럼
나에게는 그대 사랑만이 한 가닥 희망입니다

천둥번개의 삶을 살아가는 모든 이여
꿈을 꾸며 맑은 영혼을 가진 모든 이여
가슴을 뛰게 하는 우리들의 삶에는
사랑만이 유일한 희망의 꽃입니다

날마다 새로움으로 채색되어가는 삶의 여정
세상을 향해 다가설 수 있는 용기와
꿋꿋한 의지와 활기찬 함박웃음으로
오늘도 희망 풍경을 그립니다

 제목 : 희망풍경
시낭송 : 박영애
스마트폰으로 QR 코드를 스캔하면
시낭송을 감상할 수 있습니다

그대에게 드리는 사랑 / 전선희

그대에게 드리는 사랑 앞에
거짓 없는 진실로 내게 다가와
내 손을 꼭 잡아준 그대를 위해
내 마음에 사랑나무 심어봅니다

그대의 화사한 웃음 앞에 서면
높고 푸른 하늘의 울림처럼
거룩한 천년의 사랑을 느껴 봅니다

순수하고 영혼이 맑은
당신과 마주하면
언제나 잔잔한 감동으로 다가와
내 가슴을 한없이 설레이게 합니다
내 사랑 그대뿐입니다

그대에게 드리는 사랑 앞에
우울했던 내 마음에 용기를 주며
나에게로 향한 당신의 눈물이
그대의 사랑으로 감싸 줍니다

언제나 내 곁에서 함께할 사람
빛나는 우리 봄처럼
주어진 순간순간이 최고의 기쁨입니다

세월의 오선지에 그려 넣은 사랑처럼
내 사랑 그대에게 드리고 싶은 사랑
진정한 나의 사랑 노래입니다
내 사랑 그대뿐입니다

 제목 : 그대에게 드리는 사랑
시낭송 : 전선희
스마트폰으로 QR 코드를 스캔하면
시낭송을 감상할 수 있습니다

326

삶의 아름다운 풍경 / 전선희

아침 햇살이 초록 바람을 타고
은은하고 소박한 들꽃 향을 전해주는
나의 하루가 향기롭다

가진 게 없어도
따스하고 포근한 햇살 같은 마음이
작은 여유와 소소한 행복으로 가슴에 안긴다

삶의 순간순간 감사한 마음은
행복의 밑거름이 되어
선물처럼 사랑과 평화가 찾아온다

기쁨도 고통도 즐겼던 인고의 삶은
세월이 흐를수록 더욱더 빛이 나고
진솔했던 삶의 풍경들은 정겹기만 하다

살다가 살아가다가
때가 되어 가을빛으로 물들지라도
내 생에 아름다운 날들이다

제목 : 삶의 아름다운 풍경
시낭송 : 김지원
스마트폰으로 QR 코드를 스캔하면
시낭송을 감상할 수 있습니다

조선어연구회 발족 100주년 기념

시인 **정병근**

광주광역시 거주
대한문학세계 시 부문 등단
(사)창작문학예술인협의회 회원
대한문인협회 광주전남지회 기획국장

시인 서재
바로가기

대한문인협회가 추천하는 현대 시인 선정

■ 목차

■ 저서

시집 〈첫 번째 아내여!
두 번째 아내여! 세 번째 아내여!〉

■ 시작 노트 / 프롤로그

누구 엄마가 아닌
가끔은
혼자서 불러 보는 이름

가슴에 일렁이는 사람
오늘은 내게
그리움으로 와 있다.

미운 정도
고운 정도 사람 꽃
앙가슴 그리움.

거울 속의 환영(幻影) / 정병근

엘리베이터 안에서
거울에 비친 나를 보고
화들짝 놀랜다.

우리 아버지 닮은 사람이
거울 앞에 서 있다
다시 한 번 쳐다본다.

장모님 닮은 아내와
아버지 닮은 내가 거짓말처럼
거울 앞에 서 있다.

인생길 / 정병근

난(蘭)의 향기는
한곳에 앉아서도 천 리를 팔아먹고

기러기는 천 리를 날고도
어디쯤 왔는지를 모른다

태어나서 죽음에 이르기까지는
저승길이라는데

천 리도 안 되는 인생길
초연(超然)의 이름 모를 길이네

빈 초가집 / 정병근

집으로 들어가는
길이 있는 듯한데
길은 없어지고 대나무 무성하게
하얗게 꽃이 피어있다

바람이 핥고 간 흔적들
숭숭 구멍이 나 있고
등이 굽은 노인처럼
기둥을 지팡이 삼아 버티고 있는 눈 덮인 초가집

부뚜막 걸려 있는 솥단지
아궁이 속에서 추위를 이겨낸 유기견 한 마리
뛰쳐나오고
넓은 앞뜰에는 개망초 하얗게 꽃피웠네

마구간 여물통은 벌레들이 속을 파먹고
똥을 싸고 있다 몸보신 중인갑다
뒷간 옆 모과나무
하얗게 열린 모과가 주렁 주렁

발로 툭!
하얀 눈 우수수 떨어지고
열매 없는 빈손만이 바람에 나부낀다.

제목 : 빈 초가집
시낭송 : 박영애
스마트폰으로 QR 코드를 스캔하면
시낭송을 감상할 수 있습니다

현대시와 인물 사전
조선어연구회 발족 100주년 기념

시인 **정상화**

울산 거주
대한문학세계 시 부문 등단
(사)창작문학예술인협의회 회원
대한문인협회 울산지회 지회장

시인 서재
바로가기

대한문인협회가 추천하는 현대 시인 선정

■ 목차

■ 저서

제5시집 〈곱게 물들었으면〉, 제4시집 〈아름다운 인연을
만나는 것은〉, 제3시집 〈그러하더라도 사랑해야지〉, 제2
시집 〈산다는 것은 한 편의 詩〉, 제1시집 〈스스로 피어짐
이 아름다운 것을〉

■ 시작 노트 / 프롤로그

부산 한샘학원 국어 강사를 지냈으며

현재 울산 울주에서 농사를 짓고

자연과 더불어 왕성한 창작 활동을 하고 있다.

특히 농민의 삶과 애환 어머니를 모시면서

인간과 효의 근본적 삶의 의미를 그려내는 농부시인
으로 불리고 있다.

자연과 하나 되는 인간의 심성을 아름답게 그려내는
시인이다.

아름다운 인연을 만나는 것은 / 정상화

아름다운 인연을 만나는 것은
서로의 향기에 취해
말없이 물들어가는 것이다

서로의 환경을 이해하고
서로 색깔을 인정하면서
서로의 향기에 묻혀 가는 것이다

가슴에
나 하나 버리고
너 하나 채워서
서로의 가슴에 둥지를 짓는 일이다

여기서 저기로 가는 길
새로운 세상 둘이 하나 되어
서로의 가슴에 호흡하며
강물처럼 흐르는 것이다

지상에서 가장 어려운 것은
아름다운 인연을 만나는 것이고
그보다 어려운 것은
인연을 곱게 지켜가는 것이다

아름다운 인연이 만들어지기를
까만 밤 하얗게 기도한다

 제목 : 아름다운 인연을 만나는 것은
시낭송 : 박영애
스마트폰으로 QR 코드를 스캔하면
시낭송을 감상할 수 있습니다

덫 / 정상화

어둠이 내릴 무렵
왕거미 큰 나뭇가지에서
바람 타고 맞은편 가지에 오가며
꽁지에 투명한 끈끈이 사출하며
덫을 놓고 있다

바람을 이용한 번지 점프
빙빙 돌며 밖에서 안으로 한 코
한 코 투명한 그물을 엮어 가더니
중앙에 죽은 듯 먹이를 기다린다

잠자리 멋 내며 날다
보이지 않는 거미줄에 걸려들어
파닥일수록 옥죄어지고
주검 되어 체액을 빨리고 있다

죽음의 그림자 모르고 조심성
없어 거미 밥 자초한 네 모습
방관한 공모자의 가슴도 저민다

먹고 먹히는 인간사
생존을 위함이야 그렇다 치고
부른 배 더 누리기 위한 탐욕의 덫은
어찌할꼬
갈 땐 손 펴고 가는데

제목 : 덫
시낭송 : 박영애
스마트폰으로 QR 코드를 스캔하면
시낭송을 감상할 수 있습니다

334

강아지풀 / 정상화

길섶 어디에나 지천으로 자라
눈길 받지 못한 평범한 초록 꽃
땅에 닿을 듯한 허리 굽힘
부는 대로 순응하며 꺾이지 않는 속내

가슴에 담은 소중한 사랑으로
흔들림으로 위장한 눈물겨운 춤사위
속으로 푸른 독기 머금고
겉으로 하얀 미소 짓는 강아지풀

살랑 바람 밀려온 순간
말라버린 하얀 꽃대공
수백 마리 강아지 떼 되어
콩콩 짖어 꼬리 흔들며
깨알 같은 까만 진실 토하고 있다

제목 : 강이지풀
시낭송 : 박영애
스마트폰으로 QR 코드를 스캔하면
시낭송을 감상할 수 있습니다

현대시와 인물 사전

조선어연구회 발족 100주년 기념

시인 **정찬열**

광주광역시 거주
대한문학세계 시, 수필 부무 등단
(사)창삭문학예술인협의회 회원
대한문인협회 정회원

시인 서재
바로가기

대한문인협회가 추천하는 현대 시인 선정

■ 저서

제2시집 〈다시 오지 않는 삶의 구간들〉, 제1시집
〈날개 꺾인 삶의 노래〉, 문집 〈짓눌린 발자국〉

■ 시작 노트 / 프롤로그

평생을 생활전선에 뛰었다면
지금은 살아온 시간보다 남은
시간이 얼마 남지 않은 인생의
후반전에서 틈나는 대로 문학에
기시감으로 고민이 많지만

문학의 본질인 사유와 관조를
개척하며 사고로 이어진 자신의
진통을 이겨내기 위해 남은 생의
고행에 부끄럽지 않은 글을 쓰기
위해 노력한다.

하지만, 독자에게 감동이 부족한
글임을 자인하며 이 글을 쓴다.

배롱나무꽃 연정 / 정찬열

헝클어지듯 얽힌 가지에
나무껍질 청결하며 고운 자태
간지럼을 주면은 몸체로 답례하고
붉고 붉은 꽃그늘 묶음으로 감싼다

유교를 신봉하던 귀신 쫓는 신념은
선산과 사찰을 지킨다던 귀한 몸이
그 시절은 전설처럼 깊은 잠을 청했다

줄기잎 가위바위보에 내려왔는지
우거진 꽃에 보는 정이 깊어져서
선산에서 야지로 빠르게도 내려왔다

울컥한 팔백여 년의 긴 수명
부산에 양정동 연정으로 붉은 꽃
명소로 사랑받는 담양에 명옥헌 원림
시절의 군락지로 장흥군에 송백정이라

편액 속 한시는 풍류에 넘쳐
백여 일을 피고 지는 사연 따라
동무하던 벼가 자라고 숙성해서
백일홍에 알알이 영글고 익어간다.

그곳을 지날 때면 / 정찬열

무명 목도리 빠끔히 눈만 내밀고
아버지를 따라가던 어린 시절
눈보라가 가리며 고드름이 서린다
푹푹 빠지는 들판의 눈길을 걸어서
할아버지 제삿날에 찾은 영산 신기촌

국도 1호선에 평산교가 있는 곳
기억이 확연해 살펴봐야 보이는
강산도 여섯 번이나 변한 시절
효자 열려 각이 그 옛날을 말한다.

외아들은 6.25에 전몰자가 되시어
아들과 남편을 잃은 설움에
지친 큰어머니 주름진 눈망울
1남 4녀의 딸들은 두셨지만
오직 우리를 기다리신 큰어머니

모두가 떠나시고 기억은 희미하지만
새로 뚫린 영산마을 옆을 지날 때면
극심한 눈보라가 치던 겨울의 추위
그 추억을 삼키는 할아버지 제삿날

제목 : 그곳을 지날 때면
시낭송 : 박영애
스마트폰으로 QR 코드를 스캔하면
시낭송을 감상할 수 있습니다

338

인동꽃이 피는 해변 / 정찬열

새벽 공기 털어 마시려
유랑민처럼 흩어져서 나선 길가에
섬 돌길 옆 출렁이는 파도 소리에
걷는 걸음을 인동꽃이 멈추게 한다.

상쾌한 아침 공기
음지 비켜 양지로 걷는 해변
우로 감고 오른 넝쿨에 길을 멈추고
은은한 향기 물어 가는 나비 눈길 쫓는다.

아침이슬 머금고 기우는 꽃
화방에는 꽃 색깔이 유난을 떤다
감는줄기에 노랑꽃 흰 잎 술에
길게 난 눈썹 걷는 발길 세운다

햇살에 드리운 수줍음이
서성이는 아침의 바닷바람은
봄의 무딘 향기로 보답하는 금은화
간밤에 굳어진 몸이 쭉 펴질 것 같다

헌신과 사랑으로 기별도 없이
강인하게 피워낸 우단 인동덩굴
달라붙은 회한처럼 덩굴에 피운 꽃은
고인되신 후광을 떠올리게 한다

현대시와 인물 사전

조선어연구회 발족 100주년 기념

시인 **제갈일현**

대구 거주
대한무학세계 시 부문 등단
(사)창작문학예술인협의회 회원
대한문인협회 정회원

시인 서재
바로가기

대한문인협회가 추천하는 현대 시인 선정

■ 목차

■ 공저

2021 명인명시 특선시인선

■ 시작 노트 / 프롤로그

앞만 보고 바쁘게 살아 온 날들이
주마등처럼 지나갑니다
이제는 속도를 늦추고 여유를
찾고 싶어집니다

손바닥을 펴고
크게 심호흡 한 번 해봅니다
사람들의 웃는 모습이 보입니다

봄바람 / 제갈일현

나비
때문일 거야
봄바람은

저렇게
부채질하는데

꽃이
어떻게
안 흔들리겠어

뒷바퀴 / 제갈일현

한 번도
앞서가진 못 해도

한평생
나태하진 않았다

개망초 / 제갈일현

산등성이
텃밭에

김매시던
어머니

어디로
가셨는지

엄마처럼
웃고 선

개 같은
망할 놈의 꽃

현대시와 인물 사전
조선어연구회 발족 100주년 기념

시인 **조서연**

서울 출생, 부산 거주
대한문학세계 시 부문 등단
(사)창작문학예술인협의회 회원
대한문인협회 정회원

시인 서재
바로가기

대한문인협회가 추천하는 현대 시인 선정

▪ 목차

▪ 공저

제6기 대한창작문예대학 졸업 작품집
〈동반의 여정〉

▪ 시작 노트 / 프롤로그

풀꽃 한 잎, 나무 한 그루도 주어진 생명으로 태어나 할 일 묵묵히 하고 사라진다 해도 누군가를 위해 쓰임새가 되고 누군가를 위한 탄생이었을 것이다. 비루하고 험난했던 생의 무대 위에서 보잘것없는 역할을 충실하며 하늘을 우러러 부끄럼 한 점 없이 살아낸 나 자신에게 박수를 보낸다. 부족한 인생 그러나 최선을 다했던 삶에서 내려올 때 누군가에게 혹은 나 자신에게 세상살이 이야기를 수줍게 들려주기 위해 글을 쓴다.

그리움을 퍼내는 날들 / 조서연

바람은
내게 잊는 법을
알려주지 않고 먼 길 떠났습니다
홀로 남겨진 시간
그리움의 서러운 날들입니다

바람에 베인 상처
아는 척하지 않아도 많은 날들이 쓰라리고 아팠습니다
마음은 늘 겨울이었습니다

삶은 사랑은
지나가는 작은 바람에 흔들리며 피었다가 보아주는 이
하나 없이 홀로 지는 꽃인가 봅니다

선택과 오류의 간극 / 조서연

또 한 시절이 넘어가고
가슴앓이의 지나지 않았던
안개의 가려진 울렁임이 사라진 후에

나비처럼 날아올라
끝내 닿지 못한
어쩌면
아슬한 쪽빛 닮은 하늘가
투사된 빛 속으로 지고 마는
가녀린 날갯짓이여

격정의 몸부림은
한치의 나아감 없이
허공 속에 뱉은 한숨으로 남고
생의 한 페이지가 보란 듯이
뒤안길로 멀어지는
시작도 없는 작별을 고하고

식어버린 회색빛 도는 얼굴
무거운 추를 갈아 끼어
꺾여진 날개 잘라내고
영원 없는 눈빛
맑은 물로 씻어내고
다시 이정표 없는 한곳을 조용히 바라본다.

바람이 머무는 곳 / 조서연

늘 한곳에 머물지 않다는걸
안 이후부터 기다리는 슬픔을 알게 됐지만
스치고 간 그 자리에 피어난 바람꽃들의 생은
끝내 기다리는 법을 읽히며
익숙한 바람의 향기를
흔들리며 기다릴 줄 아는 것이다

어느 날 바람 한 점 날아와
붉은 반점들의 상처들을
눈물로 버무린 흔적
스치는 곳마다 뚝뚝 떨어뜨리고
어디론가 사라져 갔다
뒷모습이 무척이나 안타까운
다시 오마 약속은 세월속에 던져놓고

무엇을 찾아 그토록 헤매는 것일까
태어난 고향을 찾는 것일까
잃어버린 꿈을 찾아 나선 것일까
그 옛날 푸르른 멍울 잊지 못한
서글픈 나를 찾아 끝나지 않은 허공을 배외하는 상처 입은 몸짓인가

바람이 몸 풀고 간 곳마다
격정의 눈물 한그루의 꽃잎들로 피어난다.

현대시와 인물 사전
조선어연구회 발족 100주년 기념

시인 **조순자**

경기 고양 거주
대한문학세계 시 부문 등단
(사)창작문학예술인협의회 회원
대한문인협회 정회원

시인 서재
바로가기

대한문인협회가 추천하는 현대 시인 선정

■ 목차

■ 공저

대한문인협회 경기지회 동인문집 제2집
〈달빛 드는 창〉

■ 시작 노트 / 프롤로그

꽃봉오리 툭 터져 꽃향기가 되듯이 내 맘속의 열정 툭 터트려 향기 나는 시를 짓는다

꽃잎 진 자리에 열매가 익어가듯 내 마음의 시가 행복이 되도록 가장 간결하고, 순결하고, 진실한 시를 짓는다.

바닷가 개펄의 소라가 온몸과 힘을 다해 태초의 상형 문자로 시를 쓰듯이 나 또한 온몸과 뜻과 힘을 다해 진실한 시를 짓는다.

바람이 강인한 생명력을 만들어 주듯이, 내 영혼 깊은 곳에서 우러나오는 생명수 같은 언어로 독자님들의 행복을 위하여 좋은 시를 짓는다.

읽는 이마다 꽃처럼 환하게 웃도록 나는 날마다 사랑의 시를 짓는다.

민들레꽃 / 조순자

겸허한 마음으로
낮고 낮은 척박한 땅에 피어난
샛노란 민들레꽃

지고지순한
큰사랑 본받아
여백을 채우는 순황으로
파란 들녘을 아름답게 물들이고
무언의 웃음 빛으로
고요히 말을 건다
내 안의 내면을 돌아보라고

돌 사이 샛노란 민들레꽃
용신할 수 없는 비좁은 곳에서
강인한 정신으로 피어나
내 영혼을 깨우며 환하게 웃는다.

제목 : 민들레꽃
시낭송 : 박태임
스마트폰으로 QR 코드를 스캔하면
시낭송을 감상할 수 있습니다

여름날의 김매기 / 조순자

용광로 같이 이글대는
시뻘건 땡볕을 등에 지고

끓어오르는 후끈후끈한 지열을
온 가슴에 품어 안고

적군처럼 뻗어오는 무성한
쇠비름 뽑아내던 처녀 농군

밀짚모자 아래
고운 얼굴
석류처럼 빨갛게 익어가고

구릿빛 같은 두 팔은
장정처럼 알배어 굵어졌다

아, 젊은 날의 고난은 유익이라 했던가
천금 같은 경험에 이제는 세상이 두렵잖다.

내가 먼저 / 조순자

사랑하는 그 사람과
티끌만 한 작은 일로
오해가 생겨서 토라졌을 때

내가 먼저 손 내밀어
사과하며 웃었더니
그도 따라 웃어 참 좋았다

만약 내가 먼저
손 내밀지 않았다면
지금도 감옥 같을 것이다

사랑도 내가 먼저
사과도 내가 먼저
그래서 나는 행복한 삶이다

한 줄기 바람 같은 세상사
한 줌 초개 같은 인생사
내가 먼저 사랑하고
내가 먼저 웃으며 아름답게 살란다.

현대시와 인물 사전

조선어연구회 발족 100주년 기념

시인 조위제

부산 출생, 부산 거주
대한문학세계 시 부문 등단
(사)창작문학예술인협의회 이사
대한문인협회 정회원

시인 서재
바로가기

대한문인협회가 추천하는 현대 시인 선정

■ 목차

■ 저서

시집 〈작은 감성의 조각들〉

■ 시작 노트 / 프롤로그

옛날에 저의 할아버님께서 선비로서 서당 훈장으로 계시면서 많은 후학을 배출하셨습니다.

저도 네 살 때부터 할아버지 품에서 천자문을 익히며 명심보감을 따라 읽으면서 할아버님께서 호랑이는 죽어서 가죽을 남기고 사람은 죽어서 이름 석 자를 남기고 죽어야 한다시며 자주 말씀하셨습니다. 그 영향을 받아 내가 쓴 글 한 줄이라도 남겨야 되겠다 생각하고 '해바라기 어머님' 이란 시를 써서 대전일보사에 투고를 했는데 신문 문화면에 계제가 되면서 대한문학세계에 정식으로 등단을 하였고, 제 이름으로 개인 시집까지 출간을 했습니다. 나이 팔십에도 시인으로 활동을 하고 있으니 행복한 나날입니다.

어머님 / 조위제

뽀얗고 늘씬한 미인을 닮은
불꽃인 줄만 알았다.

문풍지를 울리는 싸레기 바람에도
꺼지지 않는 줄만 알았다.

가슴에 묻어둔 눈물이
불꽃이 되어 흘러도
자신의 삶이 녹아내려
온몸이 심지가 되어도
어둠 속을 헤매이지 말라고
사립문 앞에 등을 달았었다.

그러나
심지는 점점 작아지고
불꽃은 더욱 희미해져 가지만
마지막 불꽃은 세상을 빛나게 하고
서서히 허연 연기를 내며 사라졌다.

그 불꽃은 어머니의 사랑이었고
진하디진한 그리움과 내게 주고 간
마지막 꿈이었다.

 제목 : 어머니
시낭송 : 박영애
스마트폰으로 QR 코드를 스캔하면
시낭송을 감상할 수 있습니다

감나무와 까치밥 / 조위제

내 어린 시절 보았던
담장 넘어 감나무는
아버지보다 크고 높았다.

학교에서 돌아오면 어머니의
젖가슴처럼 주렁주렁 메달린
빨갛게 익은 사랑을 뚝뚝 떼어 주셨다.

어머니의 사랑과
아버지의 큰 힘을 자랑하던
감나무는 이제 옷을 갈아입었다.

삭정이와 얼기설기 지어놓은
까치집엔 허연 서리가 내리고
삐쩍 말라가는 까치밥 하나가
내가 살아온 세월을 묻는다.

흔적 / 조위제

뜨거웠던 사랑의 파경 뒤에
작은 벌레가 뜯어 먹은
구멍 숭숭 뚫린 가슴이다.

구멍 나고 찢겨서
가슴앓이로 멍든 가슴에
싸매 두었던 마음에 상처

아무도 밟지 않은
모래밭에 남겨진 내 발자국도
파도의 위로에 지워지고
바람의 속삭임에 희미해져 가겠지!

현대시와 인물 사전

조선어연구회 발족 100주년 기념

시인 **조충생**

충남 태안 거주
대한문학세계 시 부문 등단
(사)창작문학예술인협의회 회원
대한문인협회 정회원

시인 서재
바로가기

대한문인협회가 추천하는 현대 시인 선정

■ 목차

■ 공저

2016 대한문학세계 가을호

■ 시작 노트 / 프롤로그

가난하고 불우했던 어린시절 좌절과 방황으로
못 먹고 못입고

못배우고 힘들었던 나의 삶에 애환과 응어리진 이야기를 쓰고 기록했던 습관이 글이 되고 시가 되었지만 세상에 내 놓기에 한없이 부족하기에 망설이기를 반복하다가 용기를 내어 세상과 소통할 기회를 가져본다.

가슴깊이 담긴 감성과 그리움 그리고 자연
내 환경과 희로애락은 내 소중한 추억이다

독자들에게 내 놓기에는 부족하지만 내 글을 읽고 위안과 평안을 받을수 있다면 나는 감사하고 행복할 뿐이다.

봄맞이 / 조충생

오랜 산고의
진통이 사라지면
여린 생명의 우렁찬
울음소리를 느끼듯
훈훈한 마파람은 만물을
생동케 한다

결 고운 햇살
따스한 바람결에

땅속에 새싹들은
봄나들이에 신이 나는데

가슴 설레게
기다리는 그대 봄은
겨울의 심장 속에 허우적거리며
더디게만 온다.

기다린 만큼
애달픈 가슴
담장 밑에 핀 홍매화 향기에

한 편의 시가 되어
봄맞이 한다.

젊은 날의 꿈 / 조충생

내가 젊은 시절에
꿈꾸던 운명 같은 사람을 만난다면
나는 그녀에게 내 모든 것을
줄 것이다

내가 가진 것이 많지는 않지만
아낌없이 그녀가 원하는 모든 것을 다 줄 것이고 죽는 날까지
영원히 사랑할 것이다

아침 햇살이 유리창을
통해 거실에 쏟아지면
나는 하얀 잠옷 한 개만 걸치고
사랑하는 그녀를 위해
따뜻한 커피를 준비하며

사랑의 세레머니로 경쾌한
피아노 음악을 연주 할 것이다

모닝 키스로

그녀에게 아침을 맞이하게 하고

우린 식탁에 마주 앉아

따뜻한 모닝커피를 마시며

눈빛을 교환하고 미소로 대화를

나눌 것이다

휴일엔

특별한 일이 없다면

하루 종일 침대에 뒹굴어도 괜찮겠지

오후가 되면

석양에 지는 해를 바라보며

바닷가로 드라이브를 하며 저녁노을에

심취해 무언의 시간을 나눌 것이며 맛집에 들러 맛있는 저녁 식사를

하고 집으로 돌아와 샤워를 할 것이다

촉촉이 젖은 머릿결에

스킨 향을 풍기며 레드와인

한잔에 축배를 들고 우리는 2세를 만들 것이다.

조선어연구회 발족 100주년 기념

시인 **조한직**

충남 공주 출생, 대전 거주
대한문학세계 시 부문 등단
(사)창작문학예술인협의회 회원
대한문인협회 기획국장

시인 서재
바로가기

대한문인협회가 추천하는 현대 시인 선정

■ 목차

■ 저서

제2시집 〈고독 위에 핀 꽃〉
제1시집 〈별의 향기〉

■ 시작 노트 / 프롤로그

늘 혼자 울고 웃어야 하는 시인은 고독하다. 외롭게 사색하며 말을 짓는 독창적 존재로 스스로 매달려 열정을 불태우며 어느 삶의 순간보다 진솔하게 몰두하며 왜 고뇌를 쏟아야 하는지도 모르고 고뇌에 침몰한다. 그러나 절필을 하기는 이미 글렀다. 그것은 사명처럼 주어진 답 없는 숙제를 풀어가야 하는 책임을 스스로 짊어진 것이다. 시만 쓰고는 살 수 없는 현실이지만 이미 들어선 길을 뚜벅뚜벅 가야 하는 것은 숙명이라 하겠다. 시인이 시를 쓰는 것은 살기 위해 먹는 밥과 같다. 고로 시인은 고뇌하며 존재한다.

새벽을 깨우자 / 조한직

아이야 일어나거라 꿈길로 가자
방울 소리 딸랑딸랑
멍에를 부여건 황소처럼 새벽을 달리자

창공은 푸르러 손짓하는데
하고 많은 세월 어디에서 허둥댈거나
가자! 우리 함께 새벽을 깨우러
가자! 우리 함께 희망을 찾아서

깊은 시름에 뒤척이던
간밤의 고뇌와 사유들을 모두 안고 달려가자
하얀 동토를 지나 봄이 오기까지
숨죽인 초록 꿈은 의연하기만 하더라

아이야 힘들다고 가는 길 멈출 수 없다.
지혜로운 영혼으로 자아의 속박에서 깨어나
가자! 우리 함께 희망의 나라로

짙은 어둠을 뚫고 솟아오르는 해처럼
아이야 뜨거운 가슴으로 새벽을 깨우며
우리 함께 힘차게 광야를 달려가자.

제목 : 새벽을 깨우자
시낭송 : 박순애
스마트폰으로 QR 코드를 스캔하면
시낭송을 감상할 수 있습니다

361

내 마음의 새 / 조한직

오실 때는 온다, 말고
그냥 오세요

접힌 날개 여기
심원(心源)에 묻어두고
하늘만 바라보다 굴뚝이 되었어요

오다가다 생각나면 돌아보시고
연기 없는 굴뚝에 그냥 앉았다 가세요

쉼터처럼 이 가슴
그리움 삭여주는 멍석을 펼쳐놓고
흰 구름 흐르는 하늘을 우러릅니다

가실 때는 간다, 말고
포르륵 그냥 가세요

오실 때 오신대로 그렇게
돌아보지 말고 훌훌 날아가세요
외로움도 이젠 나의 일상입니다.

의연한 산아 / 조한직

산이 언제 손짓하던가
산이 거기 있어
바람 불어오는걸

산이 높아
언제 나를 바라보던가
바라보는 건 언제나 나였던 것을

하늘을 우러르는 산아
저 산 높아
오르는 건
온전히 우리의 뜻이었지

사람들아
높아서 산인 것을
탓하지 마라.
산이 언제 손짓하던가

오르며 사람들은 넋두리하네.

시인 **주선옥**

천안 거주
대한문학세계 시 부문 등단
(사)창작문학예술인협의회 회원
대한문인협회 정회원

시인 서재
바로가기

대한문인협회가 추천하는 현대 시인 선정

▪ 목차

▪ 저서

시집 〈아버지의 손목시계〉

▪ 시작 노트 / 프롤로그

강원도 평창에서 눈과 바람 그리고 하늘과 키 큰 소나무와 친구 하며 살던 소녀는 문학이 좋아서, 시가 좋아서 책을 읽다가 꿈을 꾸었다.

일상의 소소한 이야기를 독자와 공감할 수 있는 그러면서 누군가에게는 꿈과 희망을 그리고 사랑하는 마음과 아름다운 것을 공유하면서 주문진 바다에 수많은 사연을 널어놓고 싶다.

첫 시집 "아버지의 손목시계"가 용기를 주었다. 이제 두 번째 아니 삶이 허락하는 닐까지 단 한 명의 독자에게라도 기억될 수 있는 시를 쓰고 싶다.

364

아버지의 손목시계 / 주선옥

군데군데 낡아서 금빛도 흐려졌고
여기저기 검버섯 같은 상처도 선명 한데다가
수년 전부터 바쁘던 바늘이 걸음조차 멈추었다.

오랫동안 주인을 잃고 좁은 문갑에 갇혀
날개를 잃은 새처럼 숨죽여 울다가
그 존재의 의미마저 이제는 모두 잃어버렸다

한 때는 사람의 맥박처럼 힘차게 뛰며
누군가의 일상을 책임지고 부지런도 했을 텐데
심장은 멎었고 그 모든 기억은 사라졌다

아버지에 대한 많은 생각이 낡은 금빛 줄에서
마지막 빛을 발하며 반짝거린다
차마 보내지 못했던 나비 한 마리
이제는 놓아 주어야겠다

제목 : 아버지의 손목시계
시낭송 : 김락호
스마트폰으로 QR 코드를 스캔하면
시낭송을 감상할 수 있습니다

봄날에는 바다로 가자 / 주선옥

바다가 살아서 펄떡거린다
깊이 잠들었던 부두도 깨어났다
오래 묵혀두었다가 풀어내는 그물에서
가난한 어부의 상처 같은 비늘이 툭툭 떨어진다

눈 부신 햇살에 느긋한 바다
그 푸른 유혹에 사람들이 바다로 간다
수다처럼 낱낱이 튀어 허공에 뿌려지는
하얀 포말이 아름답다

누군가는 심장이 후둑 거리는 예쁜 추억을
또 누군가는 눈물부터 흐르는 아픈 추억을
작은 조각배 같은 사람들이
드넓은 백사장에서 추억을 줍고 있다

봄날에는 저 반짝거리는 바다로 가자
겨우내 굳게 다물었던 목청을 높여
곤히 잠들었던 파도를 깨우고
너는 나에게로 나는 너에게로
서로의 큰 고래가 되어 춤을 추자

담쟁이 / 주선옥

오르다 오르다 더 오를 수 없으면
차라리 허공에서
바람에 기대어 그네를 탄다

벽을 타고 오르다
나무를 만나면 나무로 갈아타고
철망을 만나면 철망으로 옮기고
더 오를 데가 없으면
좌우 옆으로 방향을 바꾸고

그 길도 끊기면 차라리
땅바닥으로 흘러내려
또 다른 길을 찾아 흐르며

담쟁이는 안다.
끈끈하게 부여잡고 벽이든 허공이든
심지어 땅바닥까지 함께 아픔을 감싸며

하나의 큰 함성으로 뻗어 올리는
의지로 더욱더 힘차게 견뎌내야
아픔도 희망이 된다는 것을

사람이나 담쟁이나 비빌 언덕이 있어야
살아도 사는 것이며
살아내야 사는 것이라는
진리를 깨달을 때 비로소 깊은 바다가 된다.

현대시와 인물 사전

조선어연구회 발족 100주년 기념

시인 **주야옥**

충남 출생, 인천 거주
대한문학세계 시 부문 등단
(사)창작문학예술인협의회 회원
대한문인협회 정회원

시인 서재
바로가기

대한문인협회가 추천하는 현대 시인 선정

■ 목차

■ 공저

2021 명인명시 특선시인선

■ 시작 노트 / 프롤로그

글을 쓴다는 것이
참 행복한 일이어요

엄마, 아빠가 그리운 날은
추억의 단어 모아
한 단어씩 써가면
입가에 미소가 지어져요

내 고향 / 주야옥

그립다
그립다
살포시 눈 감으면
어렴풋이 떠오르는 내 고향
아롱아롱 아지랑이
꽃 너울 마시며
자박자박 오솔길 걸으며

소슬바람의 귀 옛말
자늑자늑 아기 진달래 그루잠
개울물 건너면 종달새의 노래
자갈자갈 풀숲의 귀뚜라미
눈설레 치는 밤
사락사락 들리던 엄마의 털옷 짜는 소리
함초롬히
한 올 한 올 꿰매면

문풍지 사이로 들려오는
엄마의 이야기 소리.

엄마라는 그 말 / 주야옥

탱자 마을
논두렁길 따라
흥얼흥얼 노래 부르면서
달려가 본 엄마의 밭

엄마하고 부르며
콩밭 매시다
이마의 땀방울 닦으며
어여와 밥 묵어라 하시던
엄마의 목소리가 들리지 않아요

모든 게 그대로인데
엄마가 보이지 않아요

엄마 엄마하고
또 부르면 눈물이 나요
자꾸자꾸
부르고 싶은
엄마라는 그 말

차마 부를 수 없어 눈을 감아요.

하늘 바라기 / 주야옥

별빛 흐르는
하늘을 보면
그리움이 흔들려요

잉큼잉큼
아빠의 사랑 이야기가 들려요

모닥불 피워 놓고
밀짚에 누워
아빠가 들려주시던

미리내
닻별
개밥바라기
아빠와 별자리 찾기

별꽃 피던 이야기
바람에 흔들리다 멈추면

별빛 흐르는
하늘을 봐요

별빛 흐르는 하늘을 보면
환하게 웃으시던 아빠의 얼굴이
조각달처럼 떠올라요

나는 나는
아빠의 하늘 바라기.

제목 : 하늘 바라기
시낭송 : 최명자
스마트폰으로 QR 코드를 스캔하면
시낭송을 감상할 수 있습니다

371

현대시와 인물 사전

조선어연구회 발족 100주년 기념

시인 **주응규**

경기 부천 거주
대한문학세계 시, 수필 부문 등단
(사)창작문학예술인협의회 부이사장
대한문인협회 부회장

시인 서재
바로가기

대한문인협회가 추천하는 현대 시인 선정

▪ 목차

▪ 저서

제4시집 〈꽃보다 너〉, 제3시집 〈시간위를 걷다〉,
제2시집 〈삶이 흐르는 여울목〉, 제1시집 〈人生은
詩가 되어 흐른다〉, 수필집 〈햇살이 머무는 뜨락〉

▪ 시작 노트 / 프롤로그

詩人(시인)에게 詩(시)라는 것은

詩人이 삶에서 아름다움을 향유하고자 할 때, 시인은 가슴으로 잉태하여 오묘하고 신비로운 生命을 빚기 위해 살을 깎는 모진 인고의 시간을 겪어야만 울림이 있는 詩가 탄생하리라. 詩는 손으로 만져지는 것이 아니라 마음으로 느끼는 촉감(觸感)이기에 詩人에게 詩라는 것은 오감과 정서, 무의식 등, 삼라만상(森羅萬象)을 온몸을 깨워 창작해야만 청자(聽者)에게 울림이 있는 詩로 다가서리라.

행복 나무 / 주응규

햇살 한 줌 바람 한 점
풀 한 포기 돌 하나에도
감사하는 마음
행복은 감사하는 마음에서 옵니다.

상대를 배려하는 말 한마디에서
먼저 건네는 인사에서
표현할 줄 아는 아름다움에서
행복이란 꽃은 피어납니다.

인정을 나누는 쏨쏨이의 가지에
행복의 열매가 주렁주렁 열립니다.

감사하고 배려하는 마음
상대를 헤아리고 베푸는 마음 안에
행복의 열매는 탐스럽게 익어갑니다.

당신의 가슴에 심어 놓은
행복의 꽃 나무에는
오늘 무슨 꽃이 피어나
어떠한 열매를 맺습니까

제목 : 행복 나무
시낭송 : 박영애
스마트폰으로 QR 코드를 스캔하면
시낭송을 감상할 수 있습니다

하루를 여는 기도 / 주응규

오늘 하루 나로 하여금
누군가의 입가에 미소 띠게 하소서

나의 가벼운 말 한마디로
마음에 상처가 되어
가슴 여울지는 이 없게 하소서

나의 뜻하지 않은 사소함으로 인해
울분을 삼키는 이 없게 하시고
나의 실없는 행동으로
가슴에 응어리지는 이 없게 하소서

내가 누군가에게
힘이 되고 용기 되는 자 되게 하시고
나로 말미암아
누군가가 일상 활력 얻게 하소서

내가 누군가에게
기쁨 주고 행복 주며 마음에
잔잔한 감동 줄 수 있는 사람 되게 하소서

내가 존재함으로
누군가에게 삶의 보람 주게 하시고
내 가슴이 아프면 남의
가슴도 아프다는 걸
깨닫는 하루 되게 하소서.

제목 : 하루를 여는 기도
시낭송 : 박영애
스마트폰으로 QR 코드를 스캔하면
시낭송을 감상할 수 있습니다

374

여름날 / 주응규

어느 종갓집 고택(古宅) 지붕
용마루 기왓골이 넘치도록
불볕을 쏟아 내리는 여름날

안채 대청마루 앞뜰 배롱나무는
꽃망울을 붉디붉게 피워
여름날을 사르고 있다

마을 어귀 길 가장자리에 우뚝 솟은
아름드리 느티나무에 드러누워
한낮 단꿈을 꾸던 뭉게구름은
참매미와 쓰르라미의
애끓는 울음에 선잠 깨나
소나기 눈물을 내리붓는다

토담 너머로 펼쳐진 들녘은
된더위를 온몸으로 품어 안은 채
토실토실 영글어가고
바깥채 뜨락에 자리한 해바라기는
여름날의 무수한 이야깃거리를
알알이 담아내기에 바쁘다.

제목 : 여름날
시낭송 : 최명자
스마트폰으로 QR 코드를 스캔하면
시낭송을 감상할 수 있습니다

375

조선어연구회 발족 100주년 기념

시인 **최명오**

경기 남양주 거주
대한문학세계 시, 수필, 소설 부문 등단
(사)창작문학예술인협의회 회원
대한문인협회 정회원

시인 서재
바로가기

대한문인협회가 추천하는 현대 시인 선정

▪ 목차

▪ 저서

소설 〈1999년생 운 좋게 태어난 놈〉
시집 〈슬픔도 그리울 때가〉

▪ 시작 노트 / 프롤로그

수없이 많은 날들에 핀 꽃들의 이야기를 어찌 하루아침에 다 담을 수가 있을까요.

이순 고개를 넘어와 고희를 바라보니 이제는 꽃들의 이야기가 조금씩 들려오는 것 같습니다.

그 꽃들의 소리를 모아 현대시와 인물 사전을 통해서 저의 시 몇 작품을 독자들께 선보이려고 합니다.

376

허둥지둥 지는 하루 / 최명오

하루 중
가장 낮은 시간 속에서
서산에 지는 노을을 바라봅니다

노을이 지는
시간의 틈 사이로
스크린에 물든 장막을 베어내고

커튼에
가려지는 하루를 감고,
허둥지둥 지는 햇살을 돌돌 말아

황혼에
묻힌 별들이
무수히 박힌 커튼으로
하루가 지난 오늘을 감싸봅니다

달빛 따라
허둥지둥 지는 이 밤
하루의 이삭을 주워 모아
별빛 반짝이는 저 하늘에 뿌려 봅니다.

제목 : 허둥지둥 지는 하루
시낭송 : 박영애
스마트폰으로 QR 코드를 스캔하면
시낭송을 감상할 수 있습니다

가을이 하늘에 닿으면 / 최명오

나른한
시간을 따라
갈바람 불어오고

갈잎이
구릉지를 따라
한 줌 햇살에 녹아내리면

흐르는
구름 한 점 따라
허공을 맴도는 철새들조차

공허한
가을길 따라
쓸쓸함이 흐르니
시인의 마음에도 가을이 온다

모두 떠난
공허한 하늘에는
마른 바람이 허공을 맴돌고

천봉에
햇살이 놀러와
가을바람을 굴리고
이젤에는 가을이 뚝뚝 떨어진다.

제목 : 가을이 하늘에 닿으면
시낭송 : 박영애
스마트폰으로 QR 코드를 스캔하면
시낭송을 감상할 수 있습니다

378

꿈길 / 최명오

꿈에서라도
저 길모퉁이 돌아가면
널 마주칠까 봐
돌아선 날이 수없이 많았었지

꿈이라 그런지
되돌아서는 발길이 어찌나
무겁던지 발을 뗄 수가 없었지만
널 볼 용기가 나질 않아
오늘도 돌아서 오다가 잠이 깨었지만

언제쯤이면
저 길모퉁이를 돌아갈 수 있을까
내일은 얼마나 더 가까이 갈 수 있을까

널 향한 그리움에
마음의 용기를 내야 하는데
꿈이라 한들 저 길모퉁이 돌아가기가
이렇게 멀고 긴 줄은 그때는 왜 몰랐을까.

제목 : 꿈길
시낭송 : 박영애
스마트폰으로 QR 코드를 스캔하면
시낭송을 감상할 수 있습니다

현대시와 인물 사전

조선어연구회 발족 100주년 기념

시인 **최명자**

충북 출생, 현 대전 거주
대한문학세계 시 부문 등단
(사)창작문학예술인협의회 회원
대한시낭송가협회 회장

시인 서재
바로가기

대한문인협회가 추천하는 현대 시인 선정

■ 목차

■ 공저

제7기 대한창작문예대학 졸업 작품집
〈비포장길〉

■ 시작 노트 / 프롤로그

향기로운 바람이 마음을 두드리듯
시를 지어 꽃무늬를 입혀주는
시 낭송이 삶의 인연으로
아름다운 동행을 한다

시어에 오롯이 담아낸 이야기가
눈물이 되기도 웃음이 되기도 하며
인생의 계절을 적시어 간다

가을이 열매와 잎을 물들일 때
스스로 아름다워지듯이
누군가에게 따뜻한 숨결로 다가가
아름다운 시로 물들이고 싶다

빛살 고운 이 순간
마음의 꽃이 피는 소리가 들린다.

여인의 향기 / 최명자

봄빛이 물들어
연초록 새싹이 살랑거리면
햇살 머금은 연분홍 미소는
여인을 따라 피어난다

스치는 바람에
여인의 향기는 행복을 말하고
우아한 몸짓은
사랑 닮은 아름다움을 찾는다

봄이어서 행복한 여인은
산허리에 자줏빛 그리움을 놓고
발길 머문 자리엔
사랑을 심는다

아름다운 사랑이 뜨락에 떨어지면
차마 꽃잎을 쓸지 못하고
사진기에 향기까지를 담아
가슴으로 찍은 추억을 간직한다.

제목 : 여인의 향기
시낭송 : 최명자
스마트폰으로 QR 코드를 스캔하면
시낭송을 감상할 수 있습니다

가을 애수 / 최명자

눈부신 단풍이
출렁이며 흐르던 가을이
떠나려 한다

시리도록 아름다워 품은 가슴에
깊게 젖은 추억의 조각들
하나둘 멍울져 서걱거린다

이제는
아픈 마음 안으로 삭인
마지막 남은 그리움이
허공에 몸을 맡긴 채 흔들리고 있다

미련일까
가슴이 뜨겁다.

제목 : 가을 애수
시낭송 : 최명자
스마트폰으로 QR 코드를 스캔하면
시낭송을 감상할 수 있습니다

어머니의 길 / 최명자

새벽이슬 맞으며
밤새 울쿤 월아감을 잔뜩이고
어머니는 장터를 향해 길을 나선다

홀로 남은 아이는
길손마저 끊어진 다리를 수없이 오가며
기다림의 꽃을 피운다

눈빛 맞대며
섶다리 너머 먼 거리에서
손짓하시던 어머니

잡은 손에
쥐여 주시던 눈깔사탕은
애틋한 사랑이었으리라

한 조각 그리움은
끊어진 다리에서 기다리고
어머니의 모습은
강물 위에 투영되어 흐른다.

제목 : 어머니의 길
시낭송 : 최명자
스마트폰으로 QR 코드를 스캔하면
시낭송을 감상할 수 있습니다

현대시와 인물 사전

조선어연구회 발족 100주년 기념

시인 **최병도**

대구 거주
대한문학세계 시, 수필 부문 등단
(사)창작문학예술인협의회 회원
대한문인협회 정회원

시인 서재
바로가기

대한문인협회가 추천하는 현대 시인 선정

■ 목차

■ 저서

시집 〈인생〉

■ 시작 노트 / 프롤로그

금방 스쳐지나 갈 듯 다가선

코로나-19

끝없이 이어지고 보니

삶의 생존권과

삶의 패턴마저 흔들어

힘들다는 말이 절로 난다

힘들고 어려운 시기

시가 조금이나마

위로가 되고 격려가 되어

공감으로 다가서서

오래도록 기억되는 시인이고 싶다

힘든 시기

하루빨리 종식되어 평범한 일상으로

돌아가길 바란다

한 잔 / 최병도

잔에
허무를 붓고
사랑을 흔들어
고독을 씹는다

빈 잔에
가난을 붓고
부를 흔들어
고달픔을 씹는다

또 빈 잔에
청춘을 붓고
노련함을 흔들어
추억을 씹는다

연이은 술잔에
영혼은 흔들리고
비틀거림에
비난을 씹는다

한 걸음에
세상은 비틀거리고
또 한 걸음에
세상은 요지경 속이어라

제목 : 한 잔
시낭송 : 최명자
스마트폰으로 QR 코드를 스캔하면
시낭송을 감상할 수 있습니다

봉선화 연정 / 최병도

쉬는 날 늦잠이라도 푹 자고 싶은데
병인 양
스르르 눈이 뜨져
일찌감치 수목원으로 달려간다

가지각색의 꽃 중
봉선화와 채송화가
눈으로 살아남아
추억으로 쪼르르 달려보면

담장 밑에 쪼그리고 앉아
봉선화를 찧어
손톱에 물들여 주는
단발머리 옆집 누나가 생각난다

그리워
앵두보다 붉은
봉선화 꽃잎을 따서
손으로 문지르니 붉은 추억이
또르르 묻어나 손톱 위에 올려본다

첫눈이 내릴 때까지
손톱에 물들인 봉선화 물이
지워지지 않으면
첫사랑이 이루어진다는데

가끔 누나도
봉선화 채송화를 보면
누나만 따르던
까까머리 옆집 동생이
생각이 나나요

세월이 많이 물든
지금도 기억을 그리면
콩닥콩닥 가슴이 뛰어요

네가 있어 행복해 / 최병도

딸그락거리는 소리에
눈을 떴다
일요일 아침
이른 시간이지만
아내가 미루었던 설거지를 하는 모양이다
살며시 아내의 등을 포옹하며
커피를 청했다
아내의 살냄새가 좋다

아이들의 방문을 열었다
밤새 어디를 방황하다 돌아왔는지
곤히 자고 있다
이제는 많이 컸다고
잔소리도 듣기 싫다는
녀석들이지만
잠든 모습을 바라보니
어릴 적 추억이 가물거리며
예쁘고 사랑스럽다

희미한 거실 창 너머로
그리운 봄비가 내리며
미세먼지라는
뿌연 걱정 하나 지우고
한 잔의 커피를 베어
입맛을 다시니
문득 행복하다는 생각이 든다
너희들과 함께라서

조선어연구회 발족 100주년 기념

시인 **최이천**

전남 여수 거주
대한문학세계 시 부문 등단
(사)창작문학예술인협의회 회원
대한문인협회 정회원

시인 서재
바로가기

대한문인협회가 추천하는 현대 시인 선정

■ 목차

■ 저서

시집 〈꿈 꽃 피기까지〉

■ 시작 노트 / 프롤로그

6·25전쟁 때 태어나 선진국이 될 때까지 살았으니 불행 중 다행을 살았습니다. 지금은 꿈의 나라 대한민국에서 최고의 가치 시를 즐기며 날을 보내니 더 무엇을 발하겠습니까? 배고파 달러벌이 외국 생활 서러움에 눈물 흘리고 고국산천 그리워 한숨짓던 그날들이 아스라이 떠오릅니다.

이생과 저승 경계 중환자실에서 시를 만난다. 허무의 노래로 가슴 저민다. 눈뜨고 여기가 어디야고 물어본다.

쌩 쌍 날카로운 음색은 이생의 이별 곡인가 잔인합니다.

388

가망 / 최이천

흥얼흥얼 버린 말들이
시 되어 살아온다.
시시한 시라고 던져 버리니

노래가 되어 뜨고 있다
버릴 것은 없는가 보다
좋은 것은 좋은 것대로
나쁜 것은 나쁜 것대로

의미 있는 선율로 모아 오르니
여름날 시골 외갓집 마당에

소낙비 떨어지는 모습이어라
갑자기 양철 지붕 때리는 소리
불 번쩍하더니 우르르 쾅 쾅
천둥소리 그때는 놀라고 무서웠지

지금은 마음속에
소야곡처럼 감미로워져
쓸모없다 한 나를
가망 속으로 오라고 손짓해

가망은 아름다운 날개를
달아준다.
노란 망토 입고 가망 속으로 날아 가보자

제목 : 가망
시낭송 : 박순애
스마트폰으로 QR 코드를 스캔하면
시낭송을 감상할 수 있습니다

비 / 최이천

변화무쌍이었지
기다리다 지치고
무서워서 도망가
미워서 때렸지!

어서 오라하고 그만 오라 했어.
웃음 샘 넘치고 눈물샘 넘치고
그리움 잔 미움 잔 채우며

오만상 그리며 흘러내렸어.
음악을 만나면 그리움
바람 만나면 난타

그냥 세게 떨어지면 피아노 건반 때리는 연어 꼬리
우산 위에 내리면 정이 흐르고
양철 지붕 또닥거리면 자장가 잠들었지

천둥·번개 함께 때리면 소가 뛰고
닭도 울고 개는 마루 밑으로
나는 기둥 뒤에 숨었지

감나무잎 뜀틀에 톡톡 뛰어
가랑비로 큰 나무 밑 작은 풀에
내려와 주니 고맙다 하오

삼 년 동안 오지 않아 거북등처럼
갈라진 논 쳐다보며 입 하나 덜겠다고
보따리 들고 서울 간 누님

석 달 열흘 물 폭탄에 방천(防川) 터진다고.
모래가마니 메고 모이던 아버지와
동네 사람들

오늘 내리는 너 속에 활동사진처럼 보이는구나

제목 : 비
시낭송 : 박영애
스마트폰으로 QR 코드를 스캔하면
시낭송을 감상할 수 있습니다

391

현대시와 인물 사전

조선어연구회 발족 100주년 기념

시인 **최하정**

천안 거주
대한문학세계 시 부문 등단
(사)창작문학예술인협의회 회원
대한문인협회 정회원

시인 서재
바로가기

대한문인협회가 추천하는 현대 시인 선정

■ 목차

■ 공저

2019 대한문학세계 겨울호

■ 시작 노트 / 프롤로그

양가 할아버지는 훈장을 하셨다며 "너는 착하고 공부도 잘해야 한다"는 부모님의 말씀을 늘 가슴에 안고 학창 시절을 보내면서 배려심과 감성이 풍부한 사람이 되려 노력했다.

글쓰기와 그림을 좋아해서 예술가를 동경하다 대한문학세계로 등단이라는 관문을 통과하고 문단에 데뷔하면서 문학소녀의 꿈을 이제 현실로 만들어 보기로 했다. 독자와 공감하면서 내 삶의 이야기를 추억과 꿈으로 엮어 시를 쓰고 싶다.

그리울 겁니다 / 최하정

아린 가슴 부여안고
그간의 안위를 가슴에 담을게요

굵어진 마디에 검게 팬 주름
굽은 등으로 고무신 기워가며
밭고랑마다 고난의 삶이 배어있지만
그 모든 희로애락 등짐마저
그만 내리시고 말간 창가에 놓으세요

먼발치 유유히 흐르는
구름처럼 남아있는
따뜻한 가슴이라도
꼭꼭 보듬어 새어나가지 않게 하시고
눈가의 촉촉함도 그만 놓으세요

한평생 졸인 가슴 꽃가람 쪽배에
올려두시고
헌신한 사랑의 울타리는
한 줌의 안녕으로 편안히 누이세요.

송악의 입추 / 최하정

설레게 다가온 가을의 초입
서로들 갖가지 색
뿜어내고 비벼대며 아우성친다

너울에 떠밀려온 실잠자리
수줍어 붉어진 나뭇잎에
엉덩이 살짝 걸치며 내려앉는다

마을 어귀 해묵은 대봉감 나무
스리슬쩍 홍조 띨 채비를 하며
오가는 농군들의 말벗이 되어주고
해 질 녘 모깃불 태우는 풀냄새도
타닥거리며 정겹다

해는 이미 중천에 기우는데
고봉밥 한 아름 짊어진 농부는
검정 고무신 터덜거리며
등짝에 붙은 하루의 고뇌를 내려놓는다

어둑해진 동네 뒷산 언덕배기
뻐꾸기 소리로
오늘의 삶이 익어간다.

제목 : 송악의 입추
시낭송 : 박영애
스마트폰으로 QR 코드를 스캔하면
시낭송을 감상할 수 있습니다

너를 그리다 / 최하정

달빛 내리는 밤 한별이 떠오르면
고요함이 어둠 속으로 숨어
촉촉하게 젖어 든다

가슴벽에 걸어두고
매일 밤 꺼내어 보는
초아의 얼굴은 반달을 닮았다

꽃이 아니어서 향기는 없지만
대신 너에게 꼭 주고 싶은 것은
달곰한 사랑이었음 좋겠다

언젠가 두 볼에 물기 마르고
내 숨소리 찾아 나에게 스며들면
네가 오는 구름발치 그 길에
너는 오늘도 가슴속에 핀 달맞이꽃 되었다.

제목 : 너를 그리다
시낭송 : 최명자
스마트폰으로 QR 코드를 스캔하면
시낭송을 감상할 수 있습니다

현대시와 인물 사전

조선어연구회 발족 100주년 기념

시인 **한명화**

충남 부여 출생, 서울 거주
대한문학세계 시 부문 등단
(사)창작문학예술인협의회 회원
대한문인협회 정회원

시인 서재
바로가기

대한문인협회가 추천하는 현대 시인 선정

■ 목차

■ 저서

시집 〈설봉 아리랑〉

■ 시작 노트 / 프롤로그

별들이 시동만 걸어 놓고 깜빡이는 밤
빛나는 뼈 하나 지상을 향해 뿌려집니다

우리는 누군가의 뒤에 서서 배경이 되는 그런 날이 있
습니다
풍경을 거느리는 것이 아니라 스스로
배경이 될 때 더욱 아름답습니다

푸른 밤길을 달리는 홀로 별보다
빛나게 배경이 되어주는 검은 하늘이 더욱 아름다운
밤 글을 씁니다.

구월의 정원 / 한명화

가을바람 비틀거리며
산자락 넘어갈 때
길섶 모퉁이에 삐죽
얼굴 내민 연분홍색 구절초,
안부 전한다

한들한들 코스모스
춤사위에
왕고들빼기꽃
가슴에 빗장을 열어둔 채
함께 웃음 짓는다

시린 햇살 아래
쑥부쟁이
벌개미취
가을 들꽃 향기에 흠뻑 취한
코끝을 대신해
나의 눈길,
꽃잎에 너그러이 앉는 구월

보고 싶은 얼굴
민들레꽃씨로 영글고
가을볕에 한껏 달아오른
옹기독의 뜨거움처럼
그렇게 그리움도 익어간다

내 삶의 여백에 핀 꽃 / 한명화

고층 빌딩을 벗어나
자동차로 두 시간을 달려
자연 속 캠핑장에 도착했다
가슴이 열리고 마음이 붕붕 뜬다

맑은 하늘을 마주 보고 누우니
새들은 날아다니고
나무들은 한들한들 춤을 춘다

산딸나무의 넓은 진초록 잎사귀에
햇살이 껑충 뛰어내리고
부드러운 바람도 슬며시 그 위로 끼어든다

제멋대로 공중에 길을 만들어
나는 새들을 눈 감고 따라다니다
잠시 고개를 돌리니
불쑥 올라온 들꽃이 눈인사한다

힘겨운 인생길
나의 삶의 여백 공간인
카라반 파크 유경 캠핑장에서
자연은 오늘도 지친 마음을 달래주고
꽃물 들이며 상처를 치유해 준다.

자연을 노래하다 / 한명화

아침 빼꼼히 눈을 뜨자 카라반 창문 너머
새들이 날아가고 나뭇잎들이 흔들며 눈인사한다
한 뼘 안팎 안과 밖 이중창문 사이 다른 세상이다

살며시 눈 감고 유리창 저쪽 빈터에
산딸나무를 심고 나무 위에 앉은
새들의 노랫소리도 들어본다
밤에는 별들이 내려와 놀다 갔을까
자그맣게 하얀 산딸나무 꽃이
별을 닮았다
내 가슴에도 먹구름 사이로 별 하나 떠있다
그렇게도 잊으려 하고
잊은 줄 알았던 기억들이 나를 들여다보고 있다

헐렁한 티셔츠 걸쳐 입고 산책길에 나섰다
마음이 풋풋하게 부푼다
강물이 엎드려 흐른다
그 위로 낙엽 한 장 반짝이며 떠내려간다

산모퉁이 돌고 돌아 휘어진 길을
멀리 두고 저만큼 멈춰 섰다
비바람과 눈보라 넘어
새 얼굴로 다가오는 그 길을
희망이라고 불러도 될까

현대시와 인물 사전
조선어연구회 발족 100주년 기념

시인 한영택

경북 포항 출생, 대구 거주
대한문학세계 시, 수필 부문 등단
(사)창작문학예술인협의회 회원
대한문인협회 정회원

시인 서재
바로가기

대한문인협회가 추천하는 현대 시인 선정

■ 목차

■ 저서

시집 〈피는 꽃 아름답고 지는 잎은 고와라〉

■ 시작 노트 / 프롤로그

인간다움은 어디서 오는 걸까? 스스로 물어봄이다. 현대인은 넘쳐나는 지식정보에 깔려 가치보다는 물질적 풍요를 중시하기에 인간적인 향기가 별로 없다. 이러한 삶의 형태는 개인적인 차이가 있을 뿐 대동소이할 것이다. 삶에 정답이 없듯 창작도 대상을 보는 시각에 따라 달리할 수 있어 모범 답안이 없다. 농부가 힘든 과정을 거치며 수확의 기쁨으로 농사를 짓듯이 글쓰는 것 또한 그렇지 않을까? 한 편의 시에서 흥미, 정서, 감동, 진선미를 보면 흡족할 것이다. 내면의 자기를 정리하는 것, 누구나 자신이 순수한 존재에 이르는 연금술이 필요하다. 여운을 남기는 한 편의 시에서 우리를 얽매고 있는 구속과 생각을 차 한 잔 앞에 두고 향기와 빛깔을 음미하는 것처럼 삶의 생기를 부어주었으면 하는 바람이다.

벚꽃의 속삭임 / 한영택

그리움으로 그대를 기다렸다
꽃가지 새싹의 꿈이 돋치며
향기 뿜는 꽃망울이여!

백설이 난분분한 꽃가지 아래
붉은 미소 머금은 내 여인아
꽃길 따라 사뿐히 마주한
예쁜 그 모습 사랑스러워라

가로등 불빛 따라 사뿐사뿐
발걸음 내딛는 그 모습 정겹구나
설국의 밤은 빛나고
하얀 물결 따라 흐를 때
그 속삭임 또한 예뻐라

꽃잎 아름다운 멜로디로
합창하는 이 밤에
꽃바람 따라 내 마음 긋는다.

제목 : 벚꽃의 속삭임
시낭송 : 박영애
스마트폰으로 QR 코드를 스캔하면
시낭송을 감상할 수 있습니다

401

가을날 / 한영택

작은 별은 나에게 손짓을 하고
초승달은 내 얼굴을 비치네

하늘가 높고 푸른 호숫물은
나뭇가지 이파리를 물들이고
안개 낀 유리창 편지지에
안부를 써놓습니다

계절은 쓸쓸히 저물어가며
아름다운 추억의 발자취를 남기며
못다 한 애정의 그림자를 깔아 놓습니다

나그네의 발걸음은 나릿나릿 가벼워지고
갈바람 소리는 저무는 언덕 너머로
말없이 떠나갑니다.

너의 의미 / 한영택

밝고 맑은 초롱초롱한 눈빛
가끔은 아주 가끔은
나의 가슴속에 커다란 여운으로
남기고 싶을 때가 있다

계절이 짙어가는 한 자락에 서서
아득히 바라보고 또 바라보고
온몸에 가시를 감고서도 피어날 수 있는
짙게 다가오는 너의 그림자

잠시 기억되어 사라지기보다
서로의 가슴속에 살아 활 활 피었다가
한겨울 눈밭 속에서도 줄지 않는
차가운 영혼이 되고 싶어라

그곳에 네가 있고
다시 그곳에 내가 있어야 하는
살아있는 우리 약속이나 한 듯
서로 끌어당기며
나의 속살이 스밀 때까지
함께하고 싶은 의미가 되고 싶어라.

제목 : 너의 의미
시낭송 : 최명자
스마트폰으로 QR 코드를 스캔하면
시낭송을 감상할 수 있습니다

현대시와 인물 사전

조선어연구회 발족 100주년 기념

시인 홍성길

경기 수원 거주
대한문학세계 시 부문 등단
(사)창작문학예술인협의회 회원
대한문인협회 정회원

시인 서재
바로가기

대한문인협회가 추천하는 현대 시인 선정

■ 목차

■ 저서

시집 〈자연과 사람 그리고 사랑〉

■ 시작 노트 / 프롤로그

이 세상을 살아가면서

내 온 몸이 체득하고 내 온 몸으로 들어오는 세상을

내 가슴 저 밑바닥에서부터 정수리까지 정화하여

가장 순수하고 절제된 짧은 글로 함축하여 표현할 수 있다는 것이야말로

내가 시인으로서 살아가는 가장 큰 자부심이 아닐까 싶다.

소소한 일상속에 때로는 무거운 등짐에 버거울 때도 있지만

시를 쓰는 순간만큼은 모든 걸 내려놓고 순백의 나로 돌아가

가장 정갈한 모습으로 삼매경에 빠져든다.

인생과 세상을 시로 표현하는 그 순간만큼이라도

순수한 영혼의 소유자로 살아갈 수 있다는 것에 늘 감사한 마음이다.

두레박에 담긴 인생 / 홍성길

사는 게 부족하다 생각하지 마세요
곰곰이 돌이켜보면 넘치고 넘쳐서
허수로이 버려지는 게 인생일지도 모릅니다

사랑이 부족하다 말하지 마세요
가만히 뒤돌아보면 흐르고 흘러서
헛헛하게 날아가는 게 사랑일지도 모릅니다

사는 것도 사랑도
두레박처럼 담을 수 있을 만큼만 채워보세요
그 조그만 두레박을 온전히 채우지도 못하면서
흘러넘치는 것을 아쉬워하시나요

그 조그만 두레박에 차지도 넘치지도 않을 만큼
담겨진 당신의 인생은
정말로 값지고 소중한 인생입니다

그 조그만 두레박에 차지도 넘치지도 않을 만큼
담겨진 당신의 사랑은
정말로 멋지고 애틋한 사랑입니다

넘쳐서 버려지지도 흘러서 날아가지도 않을
두레박에 담긴 인생
두레박에 담긴 사랑
함초롬히 미소 지으며
뜨거운 가슴으로 품어보세요.

제목 : 두레박에 담긴 인생
시낭송 : 최명자
스마트폰으로 QR 코드를 스캔하면
시낭송을 감상할 수 있습니다

비련(悲戀) / 홍성길

칼날에 베인 살갗을 파고드는 고통처럼
적막함에 묻혀가는 겨울의 빈 뜰에 서면
가슴을 에는 그리움에 내가 젖는다
내 마음이 운다

기적떼기에 몸을 숨겨도
낙엽덤불에 몸을 가려도
밀물처럼 몰려오는 그리움에
목메인 눈물은 시린 가슴을 적시고
고요함에 잠든 겨울 숲
그 텅 빈 자락에 나를 뉘운다

모두 떠나고 홀로 남은
앙상한 나뭇가지 사이로
잿빛 구름을 모는 한줄기 바람소리에도
내 가슴은 피멍이 들고

햇불처럼 타오르는
너를 향한 애타는 그리움에
마를 길 없는 뜨거운 눈물에
내가 젖는다 내 가슴이 운다.

제목 : 비련
시낭송 : 박태임
스마트폰으로 QR 코드를 스캔하면
시낭송을 감상할 수 있습니다

406

그대 내 곁에 있음에 / 홍성길

그대 내 곁에 있음에
내 작은 가슴 비 오는 날에도
찬란한 햇살 떠오릅니다

그대 내 곁에 있음에
내 작은 두 눈 어둠이 찾아와도
영롱한 빛으로 타오릅니다

그대 내 곁에 있음에
내 작은 두 손 넘어져 피멍 들어도
훌훌 털고 다시 일어섭니다

그대 내 곁에 있음에
낯선 곳 홀로 가는 이방인 되더라도
외로움 등에 지고 가더라도 하얀 미소 지을 수 있습니다

그대 내 곁에 있음에
그대 향한 참사랑 내 속에 있음에
산이 막고 물이 앞을 막아서더라도
언제나 매일같이 같이 살아 입 맞추고
같이 살아 호흡하고 영원히 함께할 겁니다

그대 내 곁에 있음에
매일 그대 앞에 나는 작은 동산이 되고
매일 내 앞에 그대는 작은 별이 됩니다.

제목 : 그대 내 곁에 있음에
시낭송 : 박영애
스마트폰으로 QR 코드를 스캔하면
시낭송을 감상할 수 있습니다

407

조선어연구회 발족 100주년 기념

시인 **홍진숙**

서울 거주
대한문학세계 시 부문 등단
(사)창작문학예술인협의회 회원
대한문인협회 정무국장

시인 서재
바로가기

대한문인협회가 추천하는 현대 시인 선정

■ 목차

■ 저서

시집 〈천천히 오랫동안〉

■ 시작 노트 / 프롤로그

쉼 없이 흘러가는

일상들이 아쉽고

무미건조해질 때

따뜻한 온기가 되고

위로가 되는 시를

쓰기 위해

더 열심히 정진하겠습니다

봉선화 꽃물들이며 / 홍진숙

여름 끝에 서 있는 풍경들은
먼 곳에 있는 어느 한 기억을 데리고 올 때가 있다
불쑥불쑥
언제 돌아온다는 말없이 떠났던 그리운 것들이 돌아오고
너는 없지만
서로 손에 봉선화 꽃물 들이던 꽃들이 피던 자리
깔깔대고 웃던 우리 얼굴 같은 채송화만 가득 피어
올려다볼 때는 서로 마음 같아 어루만져 주고 싶었다
잠깐 인연으로 머물렀던 갖가지 모양 구름도 껴안아 주고 싶었다
나는 꽃물들이고
그리운 것은 지고
구름은 돌아오지 않을 풍경들을 멀리멀리 옮겨놓고 있었다

제목 : 봉선화 꽃물들이며
시낭송 : 박영애
스마트폰으로 QR 코드를 스캔하면
시낭송을 감상할 수 있습니다

그동안 놓쳤거나 무관심했거나 / 홍진숙

잘 다듬어지지 않은 일상들이 폐지처럼 쌓여 자리를 잡았다
냉장고 안 가득 차 있었는지 비명 같은 푸념이 새어 나온 날도
꽤 된 거 같다
이유가 있었을 푸념들
버려져야 할 것들을 위해 문을 여니 웅크리고 있던 부패한 표정들이
낙과처럼 말리기디 줄줄이 쏟아져 나온다
유효기간을 놓친 죄목을 머리에 두른 채 입을 다문 저것들은
적절함을 매번 놓치고
나를 파먹고 있던 물렁거림 이었다
각기 다른 이름으로 드러나는 가득 찬 욕심들
속을 어느 정도는 비울 줄 알아야 했다
유효기간은 습격처럼 다가오고 후회스러운 부패는 빨리 진행한다
제때 쓰일 수 있는 적절함을 놓친 나는 상해버렸고
구원받을 수 없어 버려지고 있는 지금

제목 : 그동안 놓쳤거나 무관심했거나
시낭송 : 박영애
스마트폰으로 QR 코드를 스캔하면
시낭송을 감상할 수 있습니다

방울토마토 / 홍진숙

베란다 한 귀퉁이 작은 나무 그림자 그늘
햇살에 걸터앉아 놀던 노란 나비 떼 날아간 자리
어느 날
붉은 초롱 불을 켜 놓았다
아무도 눈치채지 못하게 햇볕을 자르며
빨강으로 물들이기 위한 작은 발들
수없이 움직임이었을 바스락거림
헛되지 않은 작은 혁명 흔적을 남기기 위해
계절의 경계를 건너 젖내나는 어린 것들
또 어디로 날아가는 걸까

현대시와 인물 사전

조선어연구회 발족 100주년 기념

시인 **황다연**

경남 창원 거주
대한문학세계 시 부문 등단
(사)창작문학예술인협의회 회원
대한문인협회 정회원

시인 서재
바로가기

대한문인협회가 추천하는 현대 시인 선정

▪ 목차

▪ 공저

대한문인협회 경남지회 동인문집
〈시의 씨앗이 움틀 때〉

▪ 시작 노트 / 프롤로그

이른 아침
닫혀있는 창문을 활짝 여니
창밖에서 서성 되던 바람이
기다렸다는 듯
좋은 감성을 전달하기 위해
거실 안으로 뛰어든다
오늘도 마음의 문을 열고
희망을 갖는 말
용기를 갖는 말
상대를 칭찬하는 말
향기 나는 말을 하자고
스스로에게 다짐을 놓으니
함께하는 모든 이들이
무한 감사로 다가온다
말에도 씨가 있고
말에 창조의 힘을 가졌음을
잊지 말아야지

412

초록의 봄 / 황다연

지름길은 없다 하여
에움길 돌아 돌아가는 길
흔들리는 마음 위에
다짐의 꽃씨 싹을 보고도

불현듯 서럽게 우는
바람의 매운맛에 거친 호흡
뒤처지는 느린 속도
타협점을 찾지만 어림없는 일이다

걷다 뛰다 가 다 보면
언젠가는 닿을 길 속도가 뭐라고
한자락 마음 깃에 접어둔 사랑
허기져 배고플 때 요기로 힘내니

망설임 없이 다기와 불 밝힌
확신이란 그 단어
어느 사이 앞장서 안내자 되고
주춤하던 발걸음은 다시 용기백배

희망의 빛 어깨너머
웃자라 키만 큰 줄 알았던 꿈의 씨앗
허비한 세월 아니라며
초록으로 일어서는 봄이란다

제목 : 초록의 봄
시낭송 : 박영애
스마트폰으로 QR 코드를 스캔하면
시낭송을 감상할 수 있습니다

413

양귀비 / 황다연

연녹색 순결한 꽃봉오리
다소곳한 고운 자태
고개조차 못 들고 수줍어하더니

님 향한 그리움에
붉디붉은 매혹의 향기로
서서히 고개 들어 눈을 뜨면

우아한 귀태 해맑은 미소
그 아름다움 눈이 부셔
보기만 하여도 황홀하여라

낮에는 곧은 자세로 해님 품고
밤이면 다소곳이 달님 품어
요조숙녀 삶을 사는 양귀비 일생

떠나간 자리 미련 대신
튼실한 씨앗에 왕관까지 씌워
그 흔적마저 깊었으니

꽃 중에 꽃이여라

어머니 / 황다연

소담한 국화꽃 향기 너머
가녀린 몸 흔들리며
회오리바람쯤 거뜬히 견디는
개망초 굳은 의지를 닮았던 내 어머니
백 년 해로 다짐을 깃털보다 가볍게 날려 버리고 떠나간 님 그림자에 쌓여
원망과 화해를 반복했을 당신은
얼마나 아팠을까요
만월에 만선 꿈을 건 어부처럼
한때 부풀었던 바램은 흩어지고
휘황찬 달 밝은 밤
홀로 고랭이 논 묘 심으며 눈물을
새참으로 먹었을 당신을 생각합니다
나는 죽어 이다음에 새가 될란다
화장하여 훨훨 뿌려다오
유언처럼 남겼던 그 마음이 현실 되어
저 높은 창공을 자유로이 나는
새가 되셨나요
작지만 태산 같아던 당신은
세상 사는 방법을 몸으로 보여 주신
우리들의 멘토이자 올바른 길잡이였습니다
다음 세상에 다시 만나 엄마가 딸 해라
내가 엄마 할게 제가 그렇게 말할 때면
기약 없는 그 말 믿으셨는지
그리만 된다면야 무슨 원 또 있을라고
다짐하듯 반문하신 그 목소리
귓전에 쟁쟁합니다

제목 : 어머니
시낭송 : 박영애
스마트폰으로 QR 코드를 스캔하면
시낭송을 감상할 수 있습니다

415

현대시와 인물 사전

조선어연구회 발족 100주년 기념

2021년 10월 22일 초판 1쇄
2021년 10월 25일 발행
지 은 이 : 김락호 외 99인

가혜자 강사랑 강순옥 강한익 곽종철 국순정 기영석 김강좌 김경희 김국현
김금자 김노경 김락호 김상훈 김선목 김수미 김수용 김순태 김양해 김영길
김영주 김옥순 김재덕 김재진 김정윤 김정희 김태윤 김풍식 김혜정 김희경
김희선 김희영 류동열 문경기 문철호 박기만 박기숙 박남숙 박상현 박순애
박영애 박진표 박희홍 백승운 서현숙 성경자 손영호 손해진 송근주 안태현
여관구 염경희 염규식 오승한 유영서 윤무중 은 별 이동백 이둘임 이만우
이민숙 이민호 이상노 이세복 이의자 이정원 이종숙 임숙희 임재화 임판석
장금자 장선희 장용순 장화순 전경자 전남혁 전병일 전선희 정병근 정상화
정찬열 제갈일현 조서연 조순자 조위제 조충생 조한직 주선옥 주야옥 주응규
최명오 최명자 최병도 최이천 최하정 한명화 한영택 홍성길 홍진숙 황다연

엮 은 이 : 김락호
디자인 편집 : 이은희
기 획 : 시사랑음악사랑
연 락 처 : 1899-1341
홈페이지 주소 : www.poemmusic.net
E-Mail : poemarts@hanmail.net

정가 : 22,000원
ISBN : 979-11-6284-326-0